Suhrkamp Theater

Professorin Dr. Margarete Faust hat ihr Leben der universitären Forschung gewidmet. Im fortgeschrittenen Lebensalter hat sie endlich ihren eigenen Lehrstuhl und wird von ihren Studierenden als Ikone der Genderstudies verehrt. Der rechten Regierung in Deutschland ist sie längst ein Dorn im Auge, und als publik wird, dass Faust einer Studentin im Ausland zur Abtreibung verholfen hat, bricht ein Shitstorm über sie herein, der ihr Karriereende bedeutet. Diesen Moment nutzt Mephisto, um Faust an die sinnliche Dimension des Lebens zu erinnern, und führt ihr Karim zu. Karim ist homosexuell, braucht einen Aufenthaltsstatus und Faust als Doktormutter. Faust, erotisch angezogen von Karim und lustvoll getriggert von Mephisto, begibt sich in ein Spiel der Grauzonen aus Verführung, Interessenkonflikten, Überschreitungen, in dem die Machtverhältnisse eine Eigendynamik entwickeln und damit auch die Frage nach Opfer- und Täter:innenrollen: Braucht es hier überhaupt noch ein Gretchen?

In ihrem ersten Theaterstück durchleuchtet Fatma Aydemir den klassischen *Faust*-Stoff mit machtkritischem, feministischem Blick und interessiert sich dabei für zwei gegenwärtige Tendenzen: den Personenkult emanzipatorischer Bewegungen und die Gefahr des rechten Populismus.

Doktormutter Faust

Fatma Aydemir

Suhrkamp Theater

3. Auflage 2025

Erste Auflage 2024
Deutsche Erstausgabe

Uraufführung 09.09.2023, Grillo Theater Essen, Regie: Selen Kara

Umschlaggestaltung und Satz: Studio HanLi, Berlin
Umschlagfotos: Max Zerrahn
Druck: C. H. Beck, Nördlingen
Printed in Germany
ISBN 978-3-518-43209-9

Suhrkamp Verlag GmbH
Torstraße 44, 10119 Berlin
info@suhrkamp.de
www.suhrkamp.de

Doktormutter Faust

»Die Sprache ist eine Haut: ich reibe meine Sprache an einer anderen. So als hätte ich Worte anstelle von Fingern oder Finger an den Enden meiner Worte.«

Roland Barthes

Theaterdirektorin (sie/ihr)
Dichterin (sie/ihr)
Lustige Person (alle Pronomen)

Faust (sie/ihr)
Mephisto (wechselnde Pronomen)
Valeria (sie/ihr)
Karim (er/ihm)

Johannes (er/ihm)
Paul (er/ihm)

Hexe 1 (alle Pronomen)
Hexe 2 (alle Pronomen)

VORSPIEL AUF DEM THEATER

DICHTERIN
Faust.

THEATERDIREKTORIN
Dein Ernst, ja? Faust?

DICHTERIN
Du wolltest einen Klassiker. Da hast du ihn.

THEATERDIREKTORIN
Aber Faust?

DICHTERIN
Neues deutsches Theater! Nichts ist deutscher als Faust.

THEATERDIREKTORIN
Aber warum nicht was Netteres? Kabale und Liebe …

DICHTERIN
Kitsch.

THEATERDIREKTORIN
Maria Stuart!

DICHTERIN
Öde.

THEATERDIREKTORIN
Ach, von mir aus die Nibelungen …

DICHTERIN
(Würgt) Geh mir bloß weg mit denen.

THEATERDIREKTORIN
Aber Faust ist doch so …

DICHTERIN
Ich schreib ihn ja neu.

THEATERDIREKTORIN
Ich weiß nicht. Das fühlt sich nicht richtig an. Faust ist einfach so …

Lustige Person kommt dazu.

LUSTIGE PERSON
Was, Faust? Wer macht hier Faust?

DICHTERIN
Ich schreib ihn neu, den Faust. Für die Eröffnung.

LUSTIGE PERSON
Oha. *(Klopft auf Holz)* Ganz schön gewagt.

DICHTERIN
Was soll das denn heißen?

LUSTIGE PERSON
Ach, vergiss es. Wen spiele ich?

DICHTERIN
Was weiß ich. Ich bin bloß die Dichterin.

LUSTIGE PERSON
(zur Theaterdirektorin) Lass mich Gretchen sein!

DICHTERIN
Oh Gott, Gretchen.

THEATERDIREKTORIN
Das ist es. Faust ist so misogyn!

DICHTERIN
Nenn mir bitte einen Klassiker, der nicht misogyn ist.
Ich warte …

LUSTIGE PERSON
Wer spielt denn jetzt Gretchen?

DICHTERIN
Niemand. Es gibt kein Gretchen.

THEATERDIREKTORIN
Und wie soll das gehen?

DICHTERIN
Na, das sehen wir dann.

THEATERDIREKTORIN
Wenn es kein Gretchen gibt, gibt es keinen Faust, so einfach ist das. Der Herrscher kann nicht herrschen, wenn er keinen Knecht hat, der ihn als Herrscher anerkennt.

DICHTERIN
Das ist nicht die Art von Geschichte, die ich erzählen will.

THEATERDIREKTORIN
Ach ja?

DICHTERIN
Macht ist komplizierter als das.

LUSTIGE PERSON
Dann spiele ich Marthe!

DICHTERIN
Als ob irgendwer Gretchen vermissen wird.

THEATERDIREKTORIN
Aber hallo. Seit 200 Jahren strömen die Deutschen ins Theater, um sich daran aufzugeilen, wie dieses arme Flittchen zugrunde geht.

DICHTERIN
Ich wünschte ja, Gretchen wäre ein Flittchen. Aber das ist sie nicht. Sie ist bloß ein Opfer der Verhältnisse, ein verliebtes kleines Mädchen, eigentlich noch ein Kind. Sie hat null Handlungsspielraum. Das ist doch schrecklich uninteressant.

THEATERDIREKTORIN
Dann schreib doch ein Gretchen, das dich interessiert.

DICHTERIN
Mich interessiert, was passiert, wenn es kein Gretchen gibt. Kein moralisch einwandfreies Kind, das von einem alten Sack benutzt wird.

THEATERDIREKTORIN
Und wen stürzt Faust ins Verderben, wenn es kein Gretchen gibt?

DICHTERIN
Sich selbst?

LUSTIGE PERSON
Na toll, wieder keine Rolle für mich.

THEATERDIREKTORIN
Kann es sein, dass aus deiner Ablehnung gegenüber Gretchen blanker Frauenhass spricht?

DICHTERIN
Kann es sein, dass dein Feminismus nur darauf abzielt, ein paar arme weiße Mädchen zu retten?

THEATERDIREKTORIN
Also erst einmal ist es nicht gesetzt, dass Gretchen weiß ist, okay?
Und außerdem: Was ist dabei? Wofür ist Feminismus gut, wenn er es sich nicht zur Aufgabe macht, arme Mädchen wie das Gretchen zu retten?

DICHTERIN
Siehst du, DAS Gretchen. Welche ernst zu nehmende Person führt bitte einen neutralen Artikel vor ihrem Namen? Gretchen ist kein Mensch, den ich retten muss, Gretchen ist eine Figur, die ich abschaffen muss, damit wir alle frei sind. Sie ist bloß das Fantasieprodukt eines privilegierten *cis Manns* aus dem 18. Jahrhundert. Eine wunderbare Projektionsfläche, übrigens auch für die Nazis. Die pflicht-

bewusste, selbstlose, arische Frau, die nach ihrem Scheitern in der Mutterfunktion das eigene Leben opfert und darin Erlösung findet. Sie ist die Heilige zur Hure. Die Gerettete zur Verdammten. Aber es gibt keine Rettung, ich scheiß auf Rettung.

LUSTIGE PERSON
Okay, Moment. Warum cancelt ihr nicht einfach Gott statt dem Gretchen?

DICHTERIN
Gott ist tot, Leute. *(Zur lustigen Person)* Und du, hör bitte auf, das C-Wort zu sagen, ich kann's nicht mehr hören.

LUSTIGE PERSON
Cunt?

THEATERDIREKTORIN
Nietzsche.

LUSTIGE PERSON
Nein, ich meine Cunt.

DICHTERIN
Niemand wird hier gecancelt. Lasst uns bitte damit aufhören, uralte Geschichten aufzuwärmen, in denen es den bösen Teufel und die guten Menschen gibt und in denen so getan wird, als ob sich hier zwei Menschen ineinander verlieben, obwohl glasklar ist, dass wir Zeug_innen einer Vergewaltigung werden.

LUSTIGE PERSON
Hey hey, ganz langsam. Man muss das schon alles im Kontext seiner Zeit betrachten.

DICHTERIN
Den Satz kann ich übrigens auch nicht mehr hören. Sorry. Was ist mit dem Kontext meiner Zeit? Ich schreibe im Jetzt?

LUSTIGE PERSON
Aber selbst im Jetzt ist es nicht so, dass Gretchen null konsensfähig ist. Immerhin ist sie 14.

THEATERDIREKTORIN
Ja und er ist was? 70? 80?

LUSTIGE PERSON
Aber sieht man ihm ja nicht an, er hat doch diesen Zaubertrank.

DICHTERIN
Es geht doch nicht darum, was Gretchen sieht. Es geht darum, was das Publikum sieht. Und das sieht seit 200 Jahren dasselbe: ein kleines Mädchen wird von einem alten Sack …

LUSTIGE PERSON
… verführt.

THEATERDIREKTORIN
… vergewaltigt.

DICHTERIN

Seht ihr. Das ist doch die eigentliche Geschichte: Verführung und Gewalt. Ich will von dieser Grauzone erzählen zwischen Verlangen und Obsession, zwischen Eroberung und Übergriff …

THEATERDIREKTORIN

Was denn für eine Grauzone? Entweder man beachtet die Grenzen des Gegenübers oder nicht. Es gibt keine Grauzone des Jasagens.

DICHTERIN

Doch, natürlich gibt es die. Es ist ja nicht so, dass wir in allen Lebenslagen und bei allen Menschen, denen wir begegnen, dieselben Grenzen setzen, zu denselben Dingen ja und nein sagen. Grenzen sind ein Konstrukt, sie bewegen sich, sie lösen sich auf. Sie machen dicht.

THEATERDIREKTORIN

Okay, Konsens wird in jeder Beziehung neu formuliert, das ist uns, glaube ich, schon allen klar.

DICHTERIN

Und neu ausverhandelt. Nur weil ich eine Grenze setze, heißt das nicht automatisch, dass sie unantastbar ist.

THEATERDIREKTORIN

Also, das klingt für mich jetzt ein bisschen rapey …

DICHTERIN

Nein, stopp. Nicht immer ins Extreme springen! Bleib einen Moment hier, in der Grauzone, ich bitte dich!

THEATERDIREKTORIN
Also gut, die Grauzone zwischen Verführung und sexualisierter Gewalt?

DICHTERIN
Verführung ist immer eine Grenzüberschreitung. Okay? Ich formuliere eine Grenze. Und ich spüre, wie du dich dennoch dagegenschiebst, ja, gegen meine Grenze, und ich habe die Macht zu beschließen, sie ein Stückchen weiter zurück zu ziehen, diese Grenze, weil es sich vielleicht gut anfühlt, was mein Gegenüber, also du, da so tut. Und du schiebst dich dagegen, und ich ziehe die Grenze noch ein Stückchen zurück und das allein kann schon zu unserem Liebesspiel werden. Verstehst du? Bis es eben kippt.

THEATERDIREKTORIN
Heikel, sehr heikel alles.

LUSTIGE PERSON
Also ich finde, das klingt schon ein bisschen sexy.

THEATERDIREKTORIN
Dass Vergewaltigung eine Frage der Perspektive ist?
Das findest du sexy, ja?

DICHTERIN
Grauzone! Nuancen! Niemand wird hier vergewaltigt!
Gott, wie soll ich es noch erklären?

THEATERDIREKTORIN
Sag mir einfach, was zum Teufel das alles mit Faust zu tun hat?

DICHTERIN
Ich sag’s dir: »Es irrt der Mensch, solang er strebt.«

THEATERDIREKTORIN
Sehr witzig. Mit dem Satz kommt doch jeder Creep davon.

DICHTERIN
»Ein guter Mensch in seinem dunklen Drange,
Ist sich des rechten Weges wohl bewusst.«

THEATERDIREKTORIN
Gott, ich hoffe bloß, mir wird hier nicht wieder Rape Culture als Geniestreich verkauft.

DICHTERIN
Also machen wir’s?

THEATERDIREKTORIN
Wenn du mir ein Gretchen gibst.

DICHTERIN
Wirklich?

THEATERDIREKTORIN
Wir brauchen das Dreieck. Täter, Opfer und der, der das alles mit ansieht.

LUSTIGE PERSON
Du meinst: Ich bin »ein Teil von jener Kraft, die stets das Böse will und stets das Gute schafft …«

DICHTERIN
Okay, ich geb dir ein Gretchen, aber ich lass sie nicht im Kerker verrecken, das kannst du vergessen.

LUSTIGE PERSON
(zur Dichterin) Du! Du bist »der Geist, der stets verneint.«

DICHTERIN
Ich?

THEATERDIREKTORIN
Dann befrei doch Gretchen! Gib ihre eine Wahl.

LUSTIGE PERSON
(zur Theaterdirektorin) Du bist »ein Teil des Teils, der anfangs alles war …«

DICHTERIN
Sie wird auf keinen Fall Gretchen heißen.

THEATERDIREKTORIN
Du kannst sie nennen, wie du willst. Jeder wird sie wiedererkennen.

DICHTERIN
Sei dir da nicht so sicher.

LUSTIGE PERSON
»Ein Teil der Finsternis, die sich das Licht gebar
Das stolze Licht, das nun der Mutter Nacht …«

DICHTERIN
»Den alten Rang, den Raum ihr streitig macht.«

THEATERDIREKTORIN
Schon gut. Spart euch den Atem für die Bühne.
Also: Vorhang auf!

Alle ab.
Vorhang auf.

NACHT I

Faust und Valeria im Büro.

VALERIA
(liest ab)
Kindsmörderin.
Babykillerin.
Professorin macht Abtreibungstourismus auf Staatskosten.

FAUST
Ist das nicht zum Totlachen?

VALERIA
–

FAUST
Lies weiter.

VALERIA
(liest ab)
Prof. Genderterror zwingt Studentinnen zur Abtreibung und darf weiterlehren.
Faust gegen das Leben: Wer stoppt die Genozid-Planerin?

FAUST
Genozid! Drunter machen sie's nicht, was?

VALERIA
Professor Faust.

FAUST
Margarete.

VALERIA
Margarete, es tut mir leid, was du erdulden musst.

FAUST
Schon gut, Valeria. Erspar mir dein Mitleid.

VALERIA
Es ist kein Mitleid. Dir wird Unrecht getan, wir müssen dagegen vorgehen.

FAUST
Wir müssen gar nichts. Wir widmen uns unserer Arbeit, Valeria, und unsere Arbeit ist die Forschung. Nicht die Auseinandersetzung mit irgendwelchen reaktionären Posts.

VALERIA
Aber wir können das doch nicht so stehen lassen. Da ist eine regelrechte Hetzkampagne gegen dich im Gang. Dein Postfach ist sowieso schon voller Morddrohungen und die Presse heizt das weiter an? Ich bin sicher, es finden sich unzählige Studierende, die dich unterstützen würden mit einem Protest.

FAUST
Was denn für ein Protest? Ich habe lediglich einer Studentin angeboten, sie könne auf Kosten des Instituts in die Niederlande reisen. Sie hat da einen Kongress besucht.

VALERIA
Und eine ungewollte Schwangerschaft abgebrochen.

FAUST
Ein ganz normaler medizinischer Eingriff …

VALERIA
… in den Niederlanden.

FAUST
Natürlich kommen wir für die Behandlungskosten auf, wenn unsere Studierenden unterwegs aus irgendwelchen Gründen zum Arzt müssen.

VALERIA
Ich finde das alles richtig. Das weißt du. Und die meisten anderen Studierenden auch. Deshalb wollen wir einen Protest organisieren.

FAUST
Ich will nichts mehr von irgendeinem Protest hören. Ihr sollt weiterstudieren, darum geht es mir. Ich bin Wissenschaftlerin, ich schaue mir die Welt an und versuche sie zu ergründen. Ich habe keine Zeit, mich auch noch dafür zu verteidigen.

VALERIA
Margarete, die statuieren ein Exempel an dir! Erst hat die Regierung das Abtreibungsrecht gekippt, und nun will sie gegen alle Widerständigen vorgehen.

FAUST
Und? Was werden sie erreichen? Ein paar Drohbriefe, das Institut wird in Grund und Boden gekürzt, im schlimmsten Fall verliere ich meinen Job …

VALERIA
Dieser Job ist dein Leben. Du hast dreißig Jahre darauf hingearbeitet, dein eigenes Institut zu bekommen.

FAUST
Deshalb mache ich genauso weiter, wie ich es seit dreißig Jahren mache: Ich arbeite.

VALERIA
Ich verstehe dich ja, glaub mir, ich finde es ehrenwert, mit welcher Überzeugung du dich deiner Arbeit widmest. Aber ich fürchte, das wird nicht mehr lange möglich sein.

FAUST
Was soll das heißen?

VALERIA
Man munkelt bereits auf den Fluren, dass der Dekan dich loswerden will. Die Affäre um die Abtreibung wird ihm zu viel. Möglicherweise wird er dich zwingen, selbst zu kündigen.

FAUST
Das kann er nicht tun.

VALERIA
Gegen dich wird wegen Veruntreuung öffentlicher Gelder ermittelt. Der Dekan kann dich suspendieren, bis das Verfahren abgeschlossen ist.

FAUST
Und wenn ich vor Gericht gewinne?

VALERIA
–

FAUST
Nach all den Jahren, nach all der Arbeit, die ich in diese Universität gesteckt habe, will man mich beim erstbesten Skandal loswerden?

VALERIA
Deshalb sage ich: Wir müssen uns dagegen organisieren.

FAUST
Es scheint, dass der Dekan seinen Frieden mit der Regierung geschlossen hat. Er behält seinen Posten und opfert dafür mich. Wieso sollte ihn eine Handvoll aufmüpfiger Studierender davon abbringen?

VALERIA
Das weiß ich auch nicht, Margarete. Aber irgendwas muss ich tun. Ich kann nicht dasitzen und mitansehen, wie man dich den Rechten zum Fraß vorwirft.

FAUST
Dann setz dich hin und schreib. Du solltest deine Energie lieber in deine Dissertation stecken als in die Planung irgendwelcher sinnloser Proteste.

VALERIA
Sinnlos? Sie drohen damit, die Gender Studies im ganzen Land abzuschaffen!

FAUST
Damit kommen die nicht durch.

VALERIA
Sie wollen stattdessen Familienwissenschaften etablieren!

FAUST
Das ist doch lächerlich.

VALERIA
Sollen wir uns wirklich weiter in diesem Elfenbeinturm verschanzen, bis man uns aus den Fenstern wirft?

FAUST
Mich, Valeria. Nicht uns.

VALERIA
Ich kann hier nicht bleiben ohne dich. Nicht in meinem Zustand.

FAUST
Welchem Zustand?

VALERIA
Also diesem allgemeinen Zustand, meine ich, in dem wir uns alle befinden …

FAUST
Worauf willst du hinaus?

VALERIA
Ich kann einfach nicht bleiben. Aber ich werde diese Uni auch nicht stillschweigend verlassen und du solltest das auch nicht tun.

FAUST
Ich werde nicht meine Studierenden vorschicken, wie Kanonenfutter. Wenn, dann gehe ich erhobenen Hauptes.

VALERIA
Was dir geschieht, ist bloß der Anfang. Dieses Land brennt. Und auf dem Marktplatz steht ein Scheiterhaufen für dich bereit.

FAUST
Erspar mir die Hexenmetaphern. Es ist spät geworden.

Valeria ab.

NACHT II

Faust allein im Büro. Holt Pistole hervor.

FAUST
Kindsmörderin, Babykillerin?
Ich.
Profilierte Komparatistin, Koryphäe der
Geschlechterforschung. Autorin des Standardwerks
»Schuld der Schamlosen«.
Ich.
Margarete Faust.
Prof. Dr. Genderterror, die alte Jungfer, die Verbitterte,
die Durchgeknallte, die frigide alte Nuss, die mal dringend
einen Mann braucht,
die ihre Studentinnen zum Abtreiben zwingt,
weil sie selbst nie Mutter gewesen ist, diese besessene
Feminazi,
diese Verschwörungstheoretikerin,
die unsere Frauen zu Männern machen will,
die unsere Frauen auf den Strich schicken will,
die unsere Frauen dem Flüchtlingsmob zum Fraß
vorwerfen will,
die soll mal selbst von so einem Mob genommen werden,
dann weiß sie schon, wie der Hase läuft,
mit ihrer Drecksideologie, die sie als Wissenschaft tarnt,
was soll daran Wissenschaft sein?
Wer versteht überhaupt, was die da machen?
Verschwulen unsere Kinder, wollen sie im Grundschulalter
mit ihrem Fetisch manipulieren,

perverse alte Schachtel, Kinderfickerin, Babykillerin, Genozidplanerin.

Nichts daran ist überraschend.
Ich kenne das alles. Und doch bin ich wie gelähmt von diesem Lauf. Wie eine Ingenieurin, die wissentlich in ein defektes Flugzeug steigt und im Moment des Absturzes verzweifelt zu Gott betet.

Ich sollte es besser wissen,
seit dreißig Jahren forsche ich dazu.
Schuld und Scham. Die mächtigsten Instrumente
der ach so zivilisierten bürgerlichen Gesellschaft.
Das Erste, was die Rechten tun, wenn sie an die Macht kommen, ist, ihre Frauen zu retten.
Ihre Frauen, wohlgemerkt, die es so nicht mehr gibt,
wie sie in ihren Köpfen existieren.
Also müssen sie sich ihre Frauen selbst erschaffen,
indem sie sie beschämen und beschuldigen.

Es ist ja nicht dieser Körper, der mich zur Frau macht.
Es ist ja nicht die Art, wie ich gehe, wie ich denke oder fühle, wie ich mich kleide. Das ist es nicht.
Was mich zur Frau macht, ist der Hohn gegen die Arbeit, die ich leiste;
der abschätzige Blick auf die Art, wie ich lebe und altere.
Was mich zur Frau macht, ist das Gesetz, das über meinen Körper richten will. Über meine Zeit.

Das Volk zündet Kerzen an für abgetriebene Föten, statt für die unzähligen Frauen, die sich das Leben nehmen, weil sie in ein Gefängnis getrieben werden, in dem sie nichts zu suchen haben. Und nicht nur sie. Denn wenn wir das Ungeborene nach seinem Willen befragen könnten, würde es nicht vorziehen, niemals in diese Welt zu kommen? Wer, der die Wahl hat, würde freiwillig hier sein wollen? Wie anmaßend, zu glauben, das Leben sei immer die bessere Option.

Faust lädt die Pistole.

»Zwei Seelen wohnen, ach! in meiner Brust,
Die eine will sich von der andern trennen;
Die eine hält, in derber Liebeslust,
Sich an die Welt mit klammernden Organen;«
die andere strebt nach der Unausweichlichkeit des Nichts.

Immer nur habe ich für diese Arbeit gelebt
und nun verliere ich alles – über Nacht?

Faust setzt zum Abschuss an und scheitert.

Mephisto schleicht sich unbemerkt heran.

MEPHISTO
»Und doch ist nie der Tod ein ganz willkommener Gast.«

FAUST
Das Leben ist mir noch mehr verhasst.

MEPHISTO
Und doch hält dich was vom Schießen ab.

FAUST
Scham?

MEPHISTO
Verlangen?

FAUST
Aus dem Alter bin ich raus.

MEPHISTO
Welch naiver Gedanke für eine strenge Denkerin wie dich.

FAUST
Wer bist du überhaupt? Schicken dich diese »Marsch-für-das-Leben«-Leute?

MEPHISTO
Nein, ich? Ich bin ganz und gar nicht für das Leben.
»Alles, was entsteht, ist wert, dass es zugrunde geht;«
Meine Meinung.

FAUST
Du bist also kein Fundamentalist, ja?

MEPHISTO
Fundamente sind relativ für mich. Ich komme von ganz unten.

FAUST
Oh, ein Underdog?

MEPHISTO
Darf ich mich vorstellen: Mephistopheles.

FAUST
Du? Der Teufel?

MEPHISTO

Satan, Shaytan, Iblis, Lucifer ... Als du klein warst, erzählte dir deine Großmutter oft von mir. Erinnerst du dich? Der Höllenfürst.

FAUST

Ich glaube, ich habe heute meine Tabletten vergessen.

MEPHISTO

Lass es, du brauchst sie nicht mehr.

FAUST

Wenn du das sagst, sollte ich lieber gleich fünf nehmen.

MEPHISTO

Ich will dir nichts Böses.

FAUST

Du bist Böses! Also, wenn du der bist, für den du dich ausgibst.

MEPHISTO

Hast du nicht auch Theologie studiert?

FAUST

Das heißt nicht, dass ich glaube.

MEPHISTO

Und doch kommst du mir mit diesem »gut und böse«-Quatsch? Du weißt genau, dass es äußerster intellektueller Faulheit bedarf, zu glauben, man entkäme dem Bösen und könne auch nur irgendwie gut sein in dieser Welt.

FAUST
Faulheit und Selbstüberschätzung. Als ob es einen Unterschied macht, ob man als das eine oder das andere gesehen wird. Was gut ist und was böse, ist immer kontextabhängig.

Mephisto nimmt die Knarre und spielt damit rum.

MEPHISTO
Selbstmord. Eine Sünde bei den so genannten reinen Seelen, außer er dient dem Glaubenskrieg.

FAUST
Definiere Glaubenskrieg in meinem Kontext.

MEPHISTO
Du jagst deren Parteizentrale in die Luft.

Mephisto hält die Knarre ins Leere und tut so, als würde sie abdrücken.

FAUST
Das ginge nach hinten los. Die würden sich als Opfer inszenieren und nur noch mehr radikalisieren.

MEPHISTO
Und was wünschst du dir?

FAUST
Ich? Ich bin wunschlos unglücklich.

MEPHISTO
Du bist »zu jung, um ohne Wunsch zu sein«.

FAUST
Und »zu alt, um nur zu spielen«

MEPHISTO
Du sprachst eben von derber Liebeslust.

FAUST
Du spionierst mir also nach?

MEPHISTO
Schmeichelt dir das?

FAUST
Ein wenig.

MEPHISTO
Dabei gibt es doch sicher viele auf dem Campus, die sich fragen, was du hier hinter verschlossenen Türen immer so treibst.

FAUST
Wen soll das interessieren?

MEPHISTO
»Allwissend bin ich nicht; doch viel ist mir bewusst.«
Deine Studierenden sind verrückt nach dir.

FAUST
Nicht nach mir. Nach dem, was ich verkörpere.

MEPHISTO
Und das wäre?

FAUST
Status? Ruhm? Meine Publikationen? Also sicher nicht das, was du hier körperlich erblickst.

MEPHISTO
Du, meine Liebe, bist Helena wie aus dem Gesicht geschnitten. Das ist alles, was ich sehe.

Faust winkt ungläubig ab.

MEPHISTO
Ist es also das, was du dir wünschst? Einen anderen Körper?

FAUST
Oh nein, das wäre zu einfach, zu glauben, ich entkäme dem Blick, indem ich meine Form verändere.

MEPHISTO
Welchem Blick?

FAUST
Dem Blick. Dem allgegenwärtigen, objektifizierenden Blick auf die alternde Frau.

MEPHISTO
Siehst du, das verstehe ich bei euch Menschen nie. Was ist so schlimm daran, Objekt zu sein?

FAUST
Für jemanden, der seine besten Jahre gegeben hat, um seinen Geist zu formen?

MEPHISTO
Bist du es nicht leid? Dieses Denken, Denken, Forschen, Hinterfragen, Zweifeln, »Kribskrabs der Imagination«. Es muss doch schrecklich langweilig sein.

FAUST
Es ist das einzig fruchtbare Leben für mich …

MEPHISTO
Fruchtbar?

FAUST
… gewesen. Seit einiger Zeit spüre ich einen Mangel, ein Ausbleiben. Als sei da eine Erkenntnis, die mir verborgen bleibt, weil sie nicht diskursiv zu fassen ist. Als sei da eine Wahrheit, die ich seelisch begreifen muss.

MEPHISTO
Scheint, als sei ich ja genau zum richtigen Zeitpunkt erschienen.

FAUST
Du? Nein. Du kannst mir nicht helfen. Meine Seele dem Bösen und Schlechten hinzugeben, wird mich nicht retten.

MEPHISTO
Autsch. Jetzt fühle ich mich objektifiziert. Was soll das überhaupt heißen, »das Böse und Schlechte«? Wenn es mir nur darum ginge, bräuchte mich diese Welt überhaupt nicht. Schau dich um. Überall, wo du hinblickst: Elend, Verrat, Unterdrückung, als gäbe es acht Milliarden Mephistos.

FAUST
Worum geht es dir dann? Warum glaubst du, dass man dich hier braucht?

MEPHISTO
Weil ich weiß, was in euren Herzen vorgeht. Weil ich euch verstehe wie sonst keiner. Ich, nur ich kann in die dunkelsten Winkel eurer Sehnsüchte und Begierden blicken. Man sagt, ich brächte euch von eurem Weg ab. Dabei helfe ich euch dabei, diesen Weg selbst zu bestimmen. Allen Widerständen zum Trotz.

FAUST
So, so, dir geht es also um Selbstbestimmung. Emanzipation, ja?

MEPHISTO
Ich halte nichts von diesen schimmernden Worthülsen, weißt du. Alles, was mich interessiert, ist dein Genuss. Und wie ich dich ihm näher bringe. Seien wir ehrlich: Diese Welt geht sowieso den Bach runter. Wozu die ganzen Bemühungen, sie zu einem besseren Ort zu machen? Hat es denn was gebracht? Wann immer ich hier bin, sehe ich nur hungrige und gequälte Gesichter. Sieh dich an: Alles, was du wolltest, hast du in diesem Leben erreicht. Und trotzdem stehst du da mit einer Knarre an deiner Schläfe und willst dich im großen Nichts auflösen? Weil sie dich aus der Uni kicken? Sei froh, dass du endlich ein Leben hast. Warum so armselig? Die Faschos freuen sich doch, wenn du den Job für sie erledigst. »Hör auf, mit deinem Gram zu spielen, der, wie ein Geier, dir am Leben frisst; Die schlechteste Gesellschaft lässt dich fühlen, dass du ein Mensch mit Menschen bist.« Warum vergnügst du dich

nicht? Warum lässt du mich dir nicht helfen, die zu werden, die du ohnehin schon bist?

FAUST
Was ist der Preis?

MEPHISTO
Was immer du mir geben magst, das hat keine Eile.

FAUST
Oh nein, der Teufel tut nichts Uneigennütziges. Du musst mir schon deutlich sagen, was deine Bedingung ist. Ich will wissen, worauf ich mich hier einlasse, sonst kann ich mir direkt den Kopf wegblasen.

Faust will nach der Waffe greifen. Mephisto hebt den Arm mahnend.

MEPHISTO
Schon gut. Ich stehe zu deinen Diensten, hier, du stehst in meinem Dienst, drüben.

FAUST
Drüben?

MEPHISTO
Es gibt ein Drüben, falls das deine Frage ist.

FAUST
Sprachst du nicht eben vom großen Nichts?

MEPHISTO

Ist nur ein Platzhalter-Ausdruck, ich passe ihn immer auf mein Gegenüber an, du glaubst ja an nichts.

FAUST

Nichts interessiert mich weniger als das Drüben. Hier liegt mein Leid und meine Hoffnung auf etwas Heiterkeit. Wenn du sie mir bescherst, kann mir egal sein, was mir drüben geschieht.

MEPHISTO

Gute Entscheidung. Ich verspreche dir, ich werde dir geben, was kein Mensch bislang gesehen hat.

FAUST

Lass mich einfach nur meine quälenden Fragen vergessen, lass mich zufrieden sein mit meiner Unwissenheit, lass mich mir selbst gefallen. Nimm mir diesen ewigen Arbeitsdrang, der mir jeden Genuss versagt.

MEPHISTO

Du willst dich deiner Lust hingeben? Nichts leichter als das.

FAUST

Das sagst du so leicht. Aber hör zu:
Wenn du mir einen Augenblick bescherst,
nur einen Augenblick, zu dem ich sagen will:
»Verweile doch! du bist so schön!
Dann magst du mich in Fesseln schlagen,
Dann will ich gern zugrunde gehn!«
Es ist nicht der Kuss, der erfüllt,
es ist die Vorstellung von ihm,

es ist die Erinnerung an ihn,
es ist das Schon-mal-geküsst-worden-Sein,
es ist die Hoffnung, den Kuss zu wiederholen
in einem anderen Licht, in einer anderen Zeit
mit einem anderen Bedürfnis.
Es ist das Versprechen auf einen Kuss,
ganz unabhängig davon, ob es sich je erfüllen wird
oder nie.

MEPHISTO
Du willst dich verlieben?

FAUST
... in einen Augenblick.
Die Wette biet ich.

MEPHISTO
Topp!

AUERBACHS KELLER

Paul und Johannes sitzen in der Kneipe und geben sich die Kante.

JOHANNES
Die da?

PAUL
Hm. Ne Vier.

JOHANNES
Vier? Ganz schön streng bist du.

Trinken.

JOHANNES
Und was ist mit der da?

PAUL
Schwer zu sagen. Aus der Ferne eine knappe Sieben, aber da ist so ein Risiko. Wenn ich jetzt hingehe, so aus der Nähe und ihr Gesicht sehe, könnte sie unter die Fünf fallen.

JOHANNES
Bloß, dass du nicht mehr gehen kannst, ohne unter einen Tisch zu fallen.

PAUL
Es ist alles ein Risiko.

JOHANNES
Aber Fünf? Siehst du nicht diese Züge und Kurven, dieses Licht?

PAUL
Licht?

JOHANNES
Na, dieser Glanz, dieses naive Lächeln, das sagt: Ich würde dir geben, weil ich gerne gebe.

PAUL
Das heißt großzügig.

JOHANNES
Kein Geizen mit den Reizen, großzügig wie Jesus.

PAUL
Lass mal Jesus aus dem Spiel.

JOHANNES
Ich sag ja nur: Jesus ist für unsere Sünden gestorben, damit wir hier …

PAUL
Das musst du deiner Sieben da vorne sagen.

JOHANNES
Es ist unser gottverdammtes Recht.

PAUL
Prost!

Trinken.

PAUL
Das Leben ist kurz, Johannes.

JOHANNES
Und die Röcke sind kurz, Paul. Guck mal, die!
Eine göttliche Acht.

PAUL
Geh hin.

JOHANNES
Sie wird mich nicht mal mit dem …

PAUL
Komm schon, geh hin. Pack den Alpha aus, streif ihr über den Arm. So ganz selbstverständlich, damit sie locker wird. Und dann weiter. Berühr ihren Rücken, ihr Knie.

JOHANNES
Nein, Mann. Um so eine zu kriegen, musst du entweder selber eine Acht sein oder reich.

PAUL
Komm schon. Geh hin. Sag was Abfälliges zu ihr, aber sag es scherzhaft. Ein vergiftetes Kompliment. Hol sie ein bisschen runter von ihrem Ross.

JOHANNES
Sie ist ne verdammte Acht, Mann. Ich bin höchstens ne Vier.

PAUL
Erzähl ihr von deiner Ex. Flirte mit der Bedienung. Zeig ihr, dass du sie alle haben kannst, wenn du nur willst. Ich glaub an dich!

JOHANNES
Soll ich echt?

PAUL
Du gehst jetzt da hin und erzählst ihr was ganz Persönliches. Erzähl ihr von deinem krebskranken Hund.

JOHANNES
Ich hab keinen Hund.

PAUL
Wen juckt's? Gewinn ihr Vertrauen, mach auf verletzlich. Und dann, zack, zeigst du ihr, wie stark du bist. Sagt sie nein, meint sie ja. Nimm sie dir. Es ist dein gottverdammtes Recht!

JOHANNES
Scheiße, Mann, wer ist der Typ bei ihr?

PAUL
Alter, du hast es verpennt. Johannes, Johannes.
Einmal Loser, immer Loser.

Mephisto und Faust treten auf.

MEPHISTO
Mach dich locker. Ist doch nichts dabei, wir haben ein bisschen Spaß und ziehen dann weiter.

FAUST
Das ist nicht mein Verständnis von Spaß.

MEPHISTO
Weil du so viel davon verstehst, Bücherwurm. Sind dir die Leute nicht fein genug?

FAUST
Fein? Die sind alle sternhagelvoll.

MEPHISTO
Das sind die Leute, die dich in die Verzweiflung getrieben haben. Schau mal, wie sie sich am Leben erfreuen, während du dir in deinem stickigen Büro die Kugel geben wolltest. Du könntest mal einen Drink vertragen.

FAUST
Ich glaube kaum, dass die was dahaben, was ich freiwillig trinken würde.

Johannes und Paul unter sich.

JOHANNES
Schau mal, die da.

PAUL
Die sind nicht von hier. Sehen aus wie zwei Reisende, wenn du mich fragst. Ganz schön schicker Aufzug für so einen Laden.

JOHANNES
Die Kleine ist ne gute Sechs. Die schaff ich, die würd ich knallen.

PAUL
Und die Alte?

JOHANNES
Gibt's auch minus?

PAUL
Die sieht doch aus, als würde sie darauf warten, dass ihr jemand den Stock aus dem Arsch zieht.

JOHANNES
Vielleicht schneller zu knacken als die Kleine.

PAUL
Verrückter. Die kannst du zu allem kriegen.

JOHANNES
Ich bleib dabei, ich nehm die Kleine. Ich mag's, wenn ich auf sie herabschauen muss.

PAUL
Du hast ja keine Ahnung, was du verpasst.

Mephisto und Faust nähern sich ihnen.

MEPHISTO
Seid mir gegrüßt, Kameraden!

JOHANNES
Ladies. Habt ihr euch verlaufen, oder wie kommen wir zu der Ehre?

MEPHISTO
Wir wollen dasselbe, was alle wollen, die durch diese Tür kommen. Kriegt man hier denn kein Bier vor vier?

PAUL
Johannes, bestell unseren Gästen was zu trinken. Wir wollen doch, dass sie sich hier wohl fühlen.

JOHANNES
(zu Faust) Irgendwoher kenne ich dich. Ich komm nicht drauf.

FAUST
Ist mein Allerweltsgesicht. Alt, frustriert, frigide …

JOHANNES
(lachend) Humor hat die Alte, das muss man ihr lassen.

PAUL
(zu Johannes) Locker eine Drei.

MEPHISTO
Dürfen wir uns an euren Tisch gesellen?

PAUL
Ganz schön selbstbewusst. Andere Frauen würden sich jetzt billig vorkommen.

MEPHISTO
Ja, genau. Wir sind ziemlich crazy. Fragen einfach so, ob wir uns dazusetzen dürfen. Wisst ihr, das Leben am Limit ist einfach unser Ding.

JOHANNES
Na dann, lasst uns mal losliterrn. Prösterchen.
(Stellt vier Bierkrüge auf den Tisch)

FAUST
Für mich nicht. Ich trinke keine offenen Getränke.

JOHANNES
Hä? Was ist mit der los?

MEPHISTO
Habt ihr keinen Flaschenwein da. Einen Cabernet Sauvignon? Einen Merlot? Pinot Noir? Grenache?

PAUL
Seid ihr Franzacken, oder was? Die sind hier nämlich gar nicht gern gesehen.

MEPHISTO
Kameraden, »man kann nicht stets das Fremde meiden,
Das Gute liegt uns oft so fern.«

JOHANNES
»Ein echter deutscher Mann mag keinen Franzen leiden,
Doch ihre Weine trinkt er gern!«

PAUL
So was haben wir hier nicht.

MEPHISTO
Ich könnte uns was besorgen, aber es könnte dem Wirt missfallen.

JOHANNES
Ach, der alte Zyklop sieht doch nichts mehr. Also ich würde ein Schlückchen von eurem Zeug nehmen. Ich kann dir gern beim Tragen helfen, wo sind denn die Flaschen. Vor der Tür? Habt ihr ein Auto? Ist es groß?

Johannes streift mit dem Finger über Mephistos Arm.

MEPHISTO
Nein, ist schon gut. Wir haben kein Auto. Den Wein hab ich hier bei mir.

PAUL
Kein Auto? Seid ihr so Ökotussen?

MEPHISTO
Wir reiten auf unserem Besenstil durch die Nacht.

JOHANNES
(lacht) Du bist witzig, ich mag das.

MEPHISTO
Magst du auch Wein? Dann bring mir doch einen Öffner.

JOHANNES
Ach so. Ja, den kann ich klären. Ich frag mal die heiße Kellnerin da vorne, bei der hab ich noch was gut, wenn du verstehst, was ich meine.

PAUL
(zu Faust) Magst du Hunde?

FAUST
Bitte?

PAUL
Ähm. Weißt du, mein Hund hat Krebs.

FAUST
Okay?

PAUL
Ihr beiden, ihr seid irgendwie …

FAUST
Was?

PAUL
Irgendwie seid ihr komisch.

MEPHISTO
Komisch?

PAUL
Ja, so komisch. Irgendwas ist komisch an euch. Seid ihr …?

MEPHISTO
Was?

JOHANNES
Ladies, seht her, ich hab euch einen Öffner und vier Gläser besorgt. Und was besorgt ihr mir jetzt?

PAUL

(leise zu Johannes) Ey, pass auf. Ich glaube, das sind solche.

JOHANNES

Was? Niemals.

MEPHISTO

Ich öffne euch den ältesten Bordeaux, den ich auftreiben konnte. Er ist trocken, adstringierend, erdig im Abgang. Genau wie ihr, Kameraden.

JOHANNES

Hat sie uns beleidigt?

PAUL

Siehst du, sie spricht Gender-Sprech. Ich sag doch, die sind solche.

Mephisto öffnet eine unsichtbare Flasche und füllt zwei Gläser mit nichts.

MEPHISTO

Gluckgluckgluck, gluckgluckgluck, Johannes, Paul,
der zweite ist für dich, der erste für dich. Prost.

JOHANNES

Bin ich so besoffen, oder veräppelt die uns?

PAUL

Trink das bloß nicht, die hat da was reingemacht.

JOHANNES

Nein, hat sie nicht, das ist ja das Problem.

MEPHISTO
Mir scheint, dass ihr euch allzu sehr auf das Sichtbare in der Welt verlasst. Probiert doch erst mal. Dann werdet ihr schon sehen, was ich euch Edles anbiete.

Johannes nippt am leeren Weinglas.

PAUL
Nicht!

JOHANNES
Krass. Wo habt ihr bloß dieses Zeug her? Wie köstlich!

Paul gibt widerwillig nach und nippt vorsichtig an seinem.

PAUL
Hm, der ist gut.

MEPHISTO
Sag ich doch. Es geht nichts über einen »vollmundigen« Bordeaux.

FAUST
»Ich hätte Lust, nun abzufahren.«

MEPHISTO
Einen Moment noch. Und jetzt, Kameraden, seid ihr dran. Schenkt ihr mir doch reinen Wein ein.

Mephisto legt die leere Flasche auf den Boden und dreht sie.

MEPHISTO
(zu Faust) Wahrheit oder Pflicht?

FAUST
Wahrheit.

JOHANNES
(zu Mephisto) Ich versuche dich flachzulegen, aber bloß, damit ich Paul beeindrucken kann.

MEPHISTO
Wie? Du findest mich nicht sexy?

JOHANNES
Du bist eine Nummer zu groß für mich. Ich werde nicht mal hart werden können vor Angst. Ich will nur Paul gefallen.

MEPHISTO
Och, was sagst du dazu, Paul?

PAUL
Ich bin nicht sein Freund. Ich treffe ihn bloß, weil er so ein Versager ist. Ich denke, wenn es einen Loser wie Johannes gibt, dann kann ich ja gar nicht so nutzlos sein, wie meine Frau immer behauptet.

Johannes fängt an zu weinen.

MEPHISTO
(ein Taschentuch reichend) Halt die Ohren streif, das wird schon wieder.

JOHANNES
(erstarrt) Ich hab Angst.

MEPHISTO
Brauchst du nicht!

JOHANNES
Ich hab Angst, dass die Welt untergeht.

MEPHISTO
Unsinn, ihr schlagt euch doch wacker. Das Wetter wird von Jahr zu Jahr besser, bald könnt ihr schon im Februar an den See fahren zum Baden. Ihr schafft die Wissenschaft ab, die freie Presse, dann gibt's auch nicht mehr so viel zu meckern. Wen kümmert's?

PAUL
Nichts hab ich erreicht. Meine Frau ist wieder schwanger. Ich hab Schulden ohne Ende, wie soll ich noch ein Maul stopfen?

Paul weint jetzt auch.

MEPHISTO
Das tut mir wirklich im Herzen weh. Erst wählt ihr diese Regierung und dann badet ihr deren Politik auch noch selbst aus.

PAUL
Ich fürchte mich. Vor Frauen wie euch.

JOHANNES
Ich auch.

PAUL
Es lässt euch völlig kalt, ob wir euch heiß finden oder nicht. Das ist unnatürlich.

JOHANNES
Man muss sie wegsperren.

PAUL
Sonst übernehmen die alles.

JOHANNES
Paul, nimmst du mich in den Arm?

PAUL
Ich kann nicht, Mann. Das ist komisch.

MEPHISTO
Gut, wir sollten los, das wird mir zu intim.

JOHANNES
Bitte, Paul, ich bin so einsam.

HEXENKÜCHE

Hexe 1 und Hexe 2 hantieren mit Bunsenbrennern und Reagenzgläsern.

Faust und Mephisto treten ein.

FAUST
Bitte nicht.

MEPHISTO
Was?

FAUST
Hexen?

MEPHISTO
Warum so abschätzig? Du hast mehr mit ihnen gemein, als du denkst.

FAUST
Ach ja? Und das wäre?

MEPHISTO
Sie unterwerfen sich nicht. Deshalb fürchtet man sie.

FAUST
Wer soll mich denn fürchten?

MEPHISTO
Diese Männer, die dich ums Verrecken wegsperren wollen?

FAUST

Ach *(winkt ab)*. Und jetzt soll ich verzaubert werden, oder was?

MEPHISTO

Wäre das so verkehrt?

FAUST

Ich bin Wissenschaftlerin, ich glaube nicht an Hokuspokus.

MEPHISTO

Du ziehst gerade mit dem Teufel um die Häuser, nachdem du ihm deine Seele verkauft hast.

FAUST

Das ist was anderes.

MEPHISTO

Ach so.

FAUST

Warum glotzen die so?

MEPHISTO

Weil sie dich verehren.

FAUST

Sei nicht albern.

HEXE 1

Wusst' ich's doch. Das ist sie!

HEXE 2
Das ist sie!

HEXE 1
Professor Faust, Retterin der jungen Geschwister in Not.

FAUST
Also, eigentlich …

HEXE 1
Welch große Ehre, dich in unserer bescheidenen Küche willkommen zu heißen!

FAUST
Danke. Nett hier. *(Sieht sich um, ihr Blick bleibt an einem Spiegel hängen)*

HEXE 2
Mephisto, deinen feurigen Hintern hat man auch schon eine Weile nicht gesehen.

MEPHISTO
Viel zu tun, Süße. Siehst du ja.

HEXE 1
Junker Satan!

MEPHISTO
Für dich immer noch Mephisto.

HEXE 1
Stinkender Höllenhund!

MEPHISTO
Verfluchtes Drecksweib!

HEXE 1
Wir haben dich vermisst, alter Freund. Hättest du uns doch Bescheid gegeben, dass wir so hohen Besuch erwarten. Dann hätten wir ein Fest für euch ausgerichtet.

MEPHISTO
Wir werden noch viele Feste feiern, Schwester. Alles zu seiner Zeit. Heute sind wir geschäftlich da.

FAUST
Geschäftlich?

HEXE 2
Aber natürlich. Was können wir euch anbieten? Einen leckeren Fruchtbarkeitssaft, ein paar stimulierende Afrodisiaka oder einen Shot vom Abortion Cocktail?

FAUST
Abortion was?

MEPHISTO
Ich sag doch, diese Hexen sind genial.

HEXE 1
Im Grunde nur ein hochkonzentrierter Kräutertee aus Weinraute, Färberdistel und einer Prise Besenginster. Aber er haut rein und erledigt seinen Job, kurz und schmerzlos.

HEXE 2
Na ja, schmerzlos würde ich nicht sagen.

Die Hexen lachen verrückt.

HEXE 1
(zu Hexe 2) Du warte nur ab, bis du einen Vier-Kilo-Fleischklops aus deinem Loch pressen musst, dann weißt du, was Schmerz ist.

Hexen lachen wieder.

HEXE 1
(wieder ernst) Ein sterbender Organismus fordert immer Blut und Trauer, das gehört zur Abtreibung dazu.

FAUST
Trauer? Empfindet man doch wohl vielmehr über das entrechtete Dasein, das einen zwingt, ein ungewolltes Wesen zu gebären.

HEXE 2
Die Seelen unserer Geschwister sind zart, Professor. Zart, aber entschlossen. Sie können das Leid einer Abtreibung anerkennen und sich trotzdem dafür entscheiden. Oder sie wissen um den Albtraum der Elternschaft und machen sich trotzdem ein Balg.

FAUST
Zur Fruchtbarkeit verhelft ihr auch?

HEXE 1
Wir helfen, wo wir können. Hauptsache, die Geschwister entscheiden aus eigenem Willen heraus und nicht im Auftrag irgendeines Herrschers. *(Spuckt auf den Boden)*

Denn das riech ich sofort und kann es auf den Tod nicht ausstehen.

FAUST
Und das Afrodisiakum? Ist das nicht eine Art Vergewaltigungsdroge? Ich meine, woher wisst ihr, was die Leute damit machen?

HEXE 1
Oh, das ist nur zum Eigenkonsum gedacht.

FAUST
Wie?

HEXE 1
Wer es besorgt, muss es selbst schlucken. Hier vor unseren Augen.

HEXE 2
Dient zur Selbstliebe.

FAUST
Selbstliebe?

MEPHISTO
Womit wir quasi bei unserem Thema wären.

HEXE 2
Ach, Professor Faust. Das ist dein Problem? Hätte ich nicht gedacht.

FAUST
Welches Problem?

HEXE 2
Du hast Schwierigkeiten, die Melone zu spalten?

HEXE 1
Den versunkenen Schatz zu heben?

HEXE 2
Das Touchpad zu polieren?

HEXE 1
Die Handtasche auszuräumen?

HEXE 2
Die Butter zum Blubbern zu bringen?

HEXE 1
Den Zaubergarten zu jäten?

HEXE 2
Den Finger in die offene Wunde zu legen?[1]

FAUST
Offene was? Nein, nein, ich kann mir wunderbar, meinen Zaubergarten ... Damit habe ich kein Problem.

Hexen lachen gehässig.

MEPHISTO
Hexen, reißt euch zusammen. Wir brauchen eure Hilfe. Ihr sollt Faust vom Auge befreien.

1 Die Synonyme für weibliche Masturbation entstammen dem Buch: Amjahid, Mohamed: *Let's talk about sex, Habibi.* Piper 2022.

FAUST
Vom Auge?

HEXE 1 & HEXE 2
Ach, das Auge!

MEPHISTO
Ihr sollt diese Schwester vom Auge befreien, das Auge, das sie voller Missgunst und Kontrollwahn anblickt und seinen totalitären Maßstäben zu unterwerfen versucht!

HEXE 1
Das bestialische Auge!

HEXE 2
Das schonungslose Auge!

HEXE 1
Das Auge, das meint bestimmen zu müssen, wer schön und begehrenswert und schützenswert ist, das Auge, das die Jugend anbetet und die Gefügigkeit und die billigen Reize, die für die herrschende Ordnung keine Bedrohung darstellen, und das Auge, das jedes Zeichen von Alter, von Krankheit, von Schmutz, von Autonomie züchtigt, um seine Macht zu sichern!

MEPHISTO
Das beschämende Auge!

HEXE 2
Das grässliche Auge!

HEXE 1
Das allgegenwärtige Auge, das unsere Schwester bis in ihre tiefste Einsamkeit hinein verfolgt, um sie schließlich von innen anzublicken. Ein Fluch von einem Auge. Weg mit dir, du schändliches, verächtliches Auge, wir kratzen dich aus und zermalmen dich unter unseren Füßen. Erblinde, du Auge!

HEXE 2 & MEPHISTO
Erblinde, du Auge!

HEXE 1
(zu Faust) Blick in den Spiegel und sieh dich an.

HEXE 2 & MEPHISTO
Erblinde, du Auge!

FAUST
So?

HEXE 1
Sieh dich an.

FAUST
Und jetzt?

HEXE 2 & MEPHISTO
Erblinde, du Auge!

HEXE 1
Sieh dich an!

Faust sieht sich im Spiegel an.

Hexen und Mephisto singen und tanzen Faust in einen Trancezustand, Fausts Blick bleibt die ganze Zeit am Spiegel kleben.

Karim tritt im Spiegel auf.

FAUST
Wer ist dieser junge Mann, den ich im Spiegel sehe?

MEPHISTO
Eine Erscheinung. Im wahrsten Sinne.

FAUST
Ich will ihn kennenlernen.

MEPHISTO
Sein Name ist Karim. Er ist ein Student von dir.

FAUST
Es ist, als sähe ich ihn zum ersten Mal.

MEPHISTO
Vielleicht erlaubst du dir zum ersten Mal, ihn zu sehen.

FAUST
Ich will ihm nahe sein.

MEPHISTO
Nun, das, fürchte ich, kann nicht einmal ich für dich richten.

FAUST
Und unsere Abmachung? Ich dachte, du stehst im Dienste meines Genusses.

MEPHISTO
Such dir irgendwen anderen aus. Aber nicht den.

FAUST
Ich will niemand anderen. Ich will ihn.

MEPHISTO
Aber versteh doch. Über ihn habe ich keine Macht. Du kannst ihm den Kopf verdrehen, wie du willst, er wird dich nicht beachten.

FAUST
Und der Zauber? Ich dachte, ihr habt mich vom Auge befreit, ich dachte, ich kann mich von nun an zeigen, jenseits dieses Fleisches, das mich für ihn womöglich unnahbar macht.

MEPHISTO
Man kann es natürlich immer mit einer List versuchen, es könnte ein bisschen dauern, bis er sich nicht mehr wehrt …

FAUST
Nein, nicht so. Ich will ihn nicht anrühren, wenn er nicht möchte. Ich will ihn nur in meiner Nähe wissen, ich will, dass er zu mir spricht, dass er mich ansieht.

MEPHISTO
Das sollte kein Problem sein. In dein Büro schaffe ich ihn

schon. Ich fürchte nur, du wirst dir allzu große Hoffnungen machen …

FAUST
Du bist schon im Besitz meiner Seele. Meine Hoffnungen bleiben meine Sache. Kümmere du dich bloß um deinen Teil der Abmachung.

BÜRO I

VALERIA
Margarete?

FAUST
Ich habe doch gesagt, ich will nicht gestört werden, Valeria.

VALERIA
Der Dekan.

FAUST
Ist er hier?

VALERIA
Er lässt ausrichten, dass er dir die gewünschte Frist gibt.

FAUST
Eine Woche?

VALERIA
Dann sollst du deine Kündigung aus eigenem Wunsch bekanntgeben.

FAUST
Das ist ihm wichtig, ja? Wenigstens schämt er sich, dieser Stiefellecker.

VALERIA
Ich denke, er meint dir damit einen Gefallen zu tun. Dabei bist du es, die ihm einen Gefallen macht.

FAUST
Ich habe mich mit meinem Schicksal abgefunden.

VALERIA
Aber was mache ich bloß, wenn du weg bist?
Wie soll ich promovieren ohne Betreuerin?

FAUST
Du wirst eine neue finden.

VALERIA
Kann ich nicht mit dir kommen?

FAUST
Wohin?

VALERIA
Wirst du denn nicht weiter lehren?

FAUST
Dazu muss ich wahrscheinlich ins Exil gehen.
Es gäbe da eine Stelle in Paris.

VALERIA
Nimm uns mit.

FAUST
Euch?

VALERIA
Ich meine, mich.

FAUST
Es ist noch völlig unklar, ob ich dort erwünscht bin. Verlass dich bloß nicht darauf.

VALERIA
Aber du bist die einzige Person, der man noch trauen kann in dieser Institution.

FAUST
Du wirst deinen Weg finden, Valeria.

VALERIA
Da bin ich mir nicht so sicher.

FAUST
Ich muss mich erst mal um meine Sache kümmern.

VALERIA
Da ist noch was. Jemand will dich sprechen. Der Mann wartet vor der Tür.

FAUST
Doch nicht einer von diesen …?

VALERIA
Er wirkt sehr … Er ist nicht so einer.

FAUST
Was will er denn?

VALERIA
Er sagt, er will bei dir promovieren. Ich habe ihm mehrmals erklärt, dass du keine neuen Doktoranden betreuen

kannst – natürlich ohne von deiner Kündigung zu erzählen. Aber er besteht immer noch darauf.

FAUST
Schick doch einfach jeden Dahergelaufenen hier rein, bloß weil er darauf besteht. Ich habe ja sonst nichts zu tun.

Valeria ab.

Karim tritt ein.

KARIM
Ich bin …

FAUST
Das ging schnell.

KARIM
Entschuldigen Sie, soll ich vor der Tür warten?

FAUST
Nein, nein. Ich habe Sie schon erwartet.

KARIM
Bitte?

FAUST
Ich hörte, Sie wollen, dass ich Ihre Doktorarbeit betreue?

KARIM
Das wäre ein Traum.

ELFENBEIN

ELFENBEIN

FAUST
Was für eine Art von Traum?

KARIM
Ich weiß, es klingt verrückt, aber ich habe wirklich davon geträumt.

FAUST
Von mir?

KARIM
Entschuldigen Sie.

FAUST
Hören Sie bitte auf, sich zu entschuldigen.

KARIM
Ich versuche seit Monaten, Sie zu erreichen, und hatte es eigentlich schon aufgegeben. Und dann sind Sie mir letzte Nacht im Traum erschienen. Und ich nannte Sie: Doktormutter.

FAUST
Doktormutter?

KARIM
Halten Sie mich bitte nicht für verrückt.

FAUST
Wahnsinn scheint mir der einzig vernünftige Zustand unter den gegenwärtigen Bedingungen.

KARIM
Ja, ich kann mir kaum vorstellen, unter welchem Druck Sie gerade stehen.

FAUST
Wir alle befinden uns in einem Ausnahmezustand, ich denke, ich bin da nicht allein.

KARIM
Mein Aufenthaltsstatus läuft aus. Deshalb möchte ich so schnell wie möglich mein Promotionsstudium antreten.

FAUST
Wie kann ich helfen?

KARIM
Würden Sie mich betreuen? Als Doktoranden?

FAUST
Ich würde sehr gerne ja sagen, aber …

KARIM
Ich habe schon ein Exposé, eine Literaturliste, alles.

FAUST
Ich werde Ihnen eine Kollegin empfehlen.

KARIM
Aber ich will zu Ihnen, Professor Faust. »Schuld der Schamlosen« ist meine Bibel. Ihre Arbeit ist der Grund, weshalb ich überhaupt promovieren will.

FAUST
Ich habe wenig Zeit.

KARIM
Natürlich werde ich Sie nicht unnötig kontaktieren, ich richte mich ganz nach Ihren Terminen. Ich werde der unaufwändigste Doktorand sein, den Sie je hatten.

FAUST
Daran habe ich keinen Zweifel.

KARIM
Ich bin diszipliniert. Als Arbeiterkind kenne ich es nicht anders.

FAUST
Ich kann sehr fordernd sein.

KARIM
Dessen bin ich mir bewusst, Professor Faust. Deshalb bin ich hier.

FAUST
Ich will offen sein: Ich habe auch geträumt, von Ihnen. Wir haben uns angesehen.

KARIM
Und?

FAUST
Und ich fürchte, ich fühle mich zu Ihnen hingezogen.

KARIM
Oh.

FAUST
Ich erwarte nicht, dass Sie darauf antworten. Ich muss es Ihnen bloß sagen. Auch wenn sich das nicht gehört. Es nicht zu sagen, würde sich genauso falsch anfühlen.

KARIM
Danke, Professor. Aber ich bin schwul.

FAUST
Natürlich … habe ich mich im Griff, ich würde nie erlauben, dass eine Schwärmerei meine Arbeit überschattet.

KARIM
Okay.

FAUST
Unter diesen Bedingungen sollten Sie wahrscheinlich lieber zu jemand anderem.

KARIM
Aber Anziehung ist doch kein Grund dafür, dass wir uns voneinander abwenden.

FAUST
Nein?

KARIM
Wenn ich Ihre Arbeiten lese, fühlt es sich so an, als würde ich an einem Fenster stehen und hinausblicken und als schaute ich von dort aus auf mein eigenes Leben, auf mein

Sein, und es macht plötzlich alles Sinn, nicht in dem Sinne, dass alles eine Kausalität hat, sondern so, dass ich mir nicht mehr so allein und verloren vorkomme, wie auf einem offenen Feld, auf dem man mich ausgesetzt hat. Das Feld, es ist gar nicht leer, da sind all diese Kräfte, wie Magneten, die sich unter der Erde hin- und herschieben, da hängt ein feines Netz aus Beziehungen in der Luft, und in all diesen Beziehungen stecke auch ich, ob ich das will oder nicht. Ich bin Teil davon. Und wenn Sie mir von diesem Feld erzählen, wenn Sie es analysieren in Ihren Texten, dann, glaube ich, bin ich gerne da. Dann erkenne ich zumindest, dass das Feld bloß existiert, weil ich da bin. Ich kann nicht ohne das Feld und das Feld kann nicht ohne mich. Verstehen Sie, was ich meine?

BÜRO II

MEPHISTO
Professor Sexy, das ging ja einfacher als gedacht.

FAUST
Hör auf damit, das ist eklig.

MEPHISTO
Seit wann ist denn jemanden zu begehren eklig?

FAUST
Er ist mein Doktorand. Zumindest denkt er das.

MEPHISTO
Du hast die Betreuung also angenommen. Aber erst mal schön zappeln lassen. Raffiniert.

FAUST
Ich hätte nein sagen müssen. Ich werde nächste Woche keinen Job mehr haben! Es ist rechtlich gar nicht möglich, dass ich seine Promotion annehme.

MEPHISTO
Das weiß der doch nicht. Wie er dich regelrecht anbetteln musste, man weiß ja gar nicht mehr, wer hier wen jagt.

FAUST
Niemand jagt hier. Er will nur promovieren. Ich werde das nicht ausnutzen. Ich muss ihm die Wahrheit sagen.

MEPHISTO
»Nur promovieren«, ja? Auf einem offenen Feld, wo sich Magneten hin- und herschieben und aneinanderschmiegen, will er »nur promovieren«, klar.

FAUST
Karim hat nichts für Frauen übrig.

MEPHISTO
Na und?

FAUST
Wie, na und? Ich bin kein Mann.

MEPHISTO
Bitte? Ich dachte, »Gender ist ein Konstrukt«. Predigst du doch den lieben langen Tag. Aber plötzlich seid ihr wieder Frau und Mann. Wie soll ich das jetzt verstehen?

FAUST
Es ist eben kompliziert. Wir sind ja trotzdem mit diesen Konstrukten sozialisiert, wir entkommen ihnen nicht, indem wir sie benennen. Sie spielen trotzdem eine Rolle darin, wen wir begehren und was wir als männlich oder weiblich wahrnehmen.

MEPHISTO
Okay, und das ist dann einfach starr und ändert sich nicht, oder was? Einmal schwul, immer schwul?

FAUST
Nichts ist starr, wenn wir von Begehren sprechen.

MEPHISTO
Na also, dann ist doch alles klar.

FAUST
Was ist klar? Du hast doch selbst gesagt, ich dürfe mir keine Hoffnungen machen.

MEPHISTO
Das war, bevor ich das Feuer gesehen habe. Hast du bemerkt, wie er dich angeschaut hat? Das Verlangen in seinem Blick?

FAUST
Hör auf.

MEPHISTO
Dieses Gefasel von dem feinen Netz aus Beziehungen? Mir ist heiß geworden, Professor Sexy. Und das soll schon was heißen. Wir sollten die Fenster kippen, bevor er das nächste Mal kommt.

FAUST
Lass das.

MEPHISTO
Was?

FAUST
Glaub nicht, dass ich das nicht durchschaue.

MEPHISTO
Bitte?

FAUST
Du zettelst was an.

MEPHISTO
Ich brauche gar nichts anzuzetteln. Du bist längst Feuer und Flamme für den.

FAUST
Ich werde mich zusammenreißen. Er wirkt viel zu verletzlich.

MEPHISTO
Quatsch, er ist ein Mann.

FAUST
Woher willst du das wissen? Hast du ihn gefragt?

MEPHISTO
(denkt nach) Euch Erdlingen ist nicht mehr zu helfen. Erst teilt ihr euch jahrhundertelang in Frauen und Männer ein und unterwerft euch irgendwelchen skurrilen Merkmalen. Dann sagt ihr, Frauen werden unterdrückt, weil sie Frauen sind, aber einen Menschen, der alle Privilegien eines Mannes genießt, soll man nicht Mann nennen, bis er sich selbst so bezeichnet. Gender ist ein Konstrukt, aber alle Menschen stehen nur auf bestimmte Gender und das hat man zu respektieren, sonst ist man übergriffig. Du stehst auf den Studenten, der Student steht ganz offensichtlich auf dich, aber du musst dich zurückhalten, weil du kein Mann bist, ansonsten könntest du mit ihm schlafen.

FAUST
Nein, ich kann sowieso nicht mit ihm schlafen, weil er mein Student ist.

MEPHISTO
Sagt wer?

FAUST
Das Machtgefälle.

MEPHISTO
Das kann sprechen?

FAUST
Ich sage es. Ich mache so etwas nicht.

MEPHISTO
(lacht) Du machst so was nicht! Aber klar. Faust macht so was nicht.

Karim tritt auf.

KARIM
Professor Faust, ich sah das Licht brennen, ich hoffe, ich störe nicht?

MEPHISTO
Nein, natürlich störst du nicht, Baby. Komm, setz dich auf Mamas Schoß.

FAUST
Was soll das? Verzieh dich! Entschuldigung, Karim.

KARIM
Bitte?

MEPHISTO
Entspann dich, Professor Sexy, er kann mich weder hören noch sehen.

KARIM
Entschuldigen Sie, ich hätte Ihnen vorher schreiben sollen.

FAUST
Nein, nein, schon gut, Karim. Komm gerne herein.

KARIM
Ich habe meine Papiere fertig gemacht für die Immatrikulation, ich brauche nur noch zwei Unterschriften von Ihnen.

MEPHISTO
Lies lieber mal das Kleingedruckte, bevor du ihm versehentlich dein Erbe überschreibst.

FAUST
Aber natürlich, lass es da, ich fülle alles aus und gebe es direkt selbst ab bei der Kommission.

KARIM
Danke. Es wäre toll, wenn es schnell durchgeht. Ich muss dringend meine Stipendienbewerbung rausschicken.

FAUST
Wir können dir vom Institut gerne ein paar Monate vorstrecken, wenn das hilft.

KARIM
Wirklich?

MEPHISTO
Zückst du das aus eigener Tasche? Du wirst das Geld nie wiedersehen, das weißt du, oder?

FAUST
Selbstverständlich, das ist doch keine große Sache.

MEPHISTO
Du willst ihn bloß abhängig machen. Gute Idee, könnte von mir sein.

FAUST
Hast du schon überlegt, ob du mit möchtest auf die Tagung in Paris?

MEPHISTO
Excusez-moi? Flitterwochen?

FAUST
Es wird dort viele Vorträge geben, die für deine Dissertation interessant sein werden.

MEPHISTO
Die Tagung ist doch ausgedacht. Willst du mit ihm durchbrennen?

KARIM
Ich fühle mich sehr geehrt, dass Sie mich mitnehmen wollen, ich würde so gerne kommen. Nur leider hat sich meine Mutter genau in dieser Woche angemeldet zum Besuch.

FAUST
Aber natürlich, ich verstehe das.

MEPHISTO
Seine Mutter? Was ist er, zwölf? Lässt sich das nicht verschieben?

FAUST
Lässt sich das nicht verschieben?

KARIM
Leider nicht. Ich habe sie schon seit Jahren nicht mehr gesehen. Es war bisher einfach unmöglich, ein Visum für sie zu bekommen. Diesmal hat es endlich geklappt. Es ist nur für diese eine Woche gültig.

FAUST
Ach so. Toll, dass es diesmal klappt.

MEPHISTO
Wer weiß, ob die alte Schachtel es überhaupt ins Flugzeug schafft.

FAUST
(zu Mephisto) Wehe.
(zu Karim) Wie alt ist denn deine Mutter?

KARIM
Etwa in Ihrem Alter …

MEPHISTO
Autsch.

KARIM
Also um die 50. So genau wissen wir es nicht.

MEPHISTO
Witzig, dass er denkt, du seist erst 50.

KARIM
Man hat ihre Geburt erst Jahre später gemeldet. Und damals wurden Mädchen oft ein paar Jahre älter angegeben, damit man sie früher verheiraten konnte.

FAUST
Interessant.

MEPHISTO
Langweilig! Kann er sich mal ausziehen, ich würde gern sehen, was unter seinem Hemd steckt.

KARIM
Entschuldigung, das hätte ich eben nicht sagen sollen, dass Sie im selben Alter sind wie meine Mutter.

FAUST
Es stimmt ja.

MEPHISTO
Es stimmt nicht. Du bist 58.

KARIM
Trotzdem, es war unangebracht, so einen Vergleich anzustellen. Außerdem sieht man Ihnen Ihr Alter überhaupt nicht an.

MEPHISTO
Ein Charmeur, durch und durch.

FAUST
Ich nehme an, das ist als Kompliment gemeint, wenn ja, dann vielen Dank.

KARIM
Oh, das war nicht so gemeint. Als sei Jungsein per se etwas Erstrebenswertes. Das tut mir leid …

MEPHISTO
Ojemine, der kommt ja gar nicht mehr raus aus seinem Strudel.

FAUST
Schon gut, Karim. Ich finde, man muss das alles nicht immer so eng sehen. Wir unterhalten uns hier schließlich unter uns, ich verstehe ja, wie du es meinst.

KARIM
Aber gerade vor dem Hintergrund, dass Sie mir gestanden haben, dass Sie …

FAUST
Dass ich was?

KARIM
Na ja, diese Anziehung.

FAUST
Ach so, das.

KARIM
Gerade dann sollte ich aufpassen mit meinen Bemerkungen.

FAUST
Ist schon gut, Karim.

KARIM
Danke für Ihr Verständnis.

MEPHISTO
Ich finde, du solltest ihn küssen.

FAUST
Wollen wir die Fenster kippen? Irgendwie steht die Luft hier drin.

KARIM
Finden Sie?

FAUST
Ich habe dir gar nichts zu trinken angeboten. Möchtest du ein Wasser?

KARIM
Ja, warum nicht?

Mephisto hält Faust eine Wasserflasche hin. Faust füllt zwei Gläser und reicht eines davon Karim. Faust und Karim trinken gleichzeitig von ihren Gläsern und müssen gleichzeitig spucken.

KARIM
Was ist das? Schnaps?

FAUST
Oh nein, ich dachte, das sei Wasser.

MEPHISTO
Wie ungeschickt von mir.

KARIM
Ich trinke eigentlich keinen Alkohol.

FAUST
Bist du gläubig?

KARIM
Nein.

FAUST
Du glaubst also nicht an Gott?

KARIM
Nein, ich habe einfach noch nie getrunken.

FAUST
Nie?

KARIM
Hat sich nie ergeben.

FAUST
Du lebst im Land der Trichter und Trinker und es hat sich nie ergeben?

KARIM
Nein.

FAUST
Erstaunlich.

Karim stößt mit Faust an und ext das Glas runter, um ihr zu beweisen, dass er nicht gläubig ist.

Faust ext ihr Glas auch.

KARIM
Wissen Sie, es gibt vieles, was ich noch nie gemacht habe.

FAUST
Zum Beispiel?

KARIM
Haben Sie Kinder?

FAUST
Nein.

KARIM
Warum nicht?

FAUST
Ich war einmal schwanger. Es wäre das Ende meiner Karriere gewesen.

KARIM
Ging es noch um etwas anderes, oder nur … Entschuldigen Sie, das ist bestimmt zu persönlich.

FAUST
Ich wollte mir ein Ich bewahren. Das hätte ich als Mutter nicht geschafft.

KARIM
Weil Sie Single waren?

FAUST
Was gibt es noch, das du nie gemacht hast, außer Alkohol zu trinken und deinen Professorinnen intime Fragen zu stellen?

KARIM
Eine Frau küssen.

FAUST
Wirklich?

KARIM
Es kam mir einfach nie in den Sinn.

FAUST
Wäre es denn anders für dich? Eine Frau zu küssen?

KARIM
Ich weiß nicht. Es ist ja immer anders. Mit jedem neuen Menschen, den ich küsse, ist es so, als küsste ich überhaupt zum ersten Mal.

FAUST
Also lernst du es immer wieder neu?

KARIM
Ja, kann man so sagen. Alle haben immer ihre ganz eigene Art, zu küssen.

FAUST
Und wie küsst du?

KARIM
Das müssten Sie die anderen fragen.

FAUST
Aber ich frage dich. Wenn ich darf.

KARIM
Ich glaube … Ich küsse so, als würden meine Füße die Kante eines Abgrunds berühren und als sei der Kuss meine letzte Chance, eine Art Bekenntnis abzulegen.

MEPHISTO
Klingt nach ganz viel Sabber, wenn du mich fragst.

KARIM
Wie küssen Sie?

FAUST
Wie eine Suchende. Ich suche nach dem Kern dessen, was mich innerlich verzehrt, aber ich suche danach im Gegenüber, anstatt in mir selbst. Verstehst du?

MEPHISTO
Eine Wölfin.

KARIM
Wie lange sind Sie schon Single?

FAUST
Du. Hör auf, mich zu siezen, Karim.

KARIM
Du. Wie lange bist du schon …?

FAUST
So lange, dass ich es nicht mehr zählen kann.

KARIM
Wie kommt das?

FAUST
Ich bin mit der Uni verheiratet.

KARIM
Aber sehnen Sie … sehnst du dich nicht manchmal nach Nähe?

FAUST
Das tun wir alle.

KARIM
Ich meine, du bist so eine attraktive Frau.

FAUST
Karim …

KARIM
Das sollte ich vielleicht nicht sagen, aber es stimmt.

FAUST
Es ist spät geworden.

KARIM
Ich sollte besser gehen.

Mephisto dreht die Schnapsflasche auf dem Tisch.
Karim schreckt auf.

MEPHISTO
Wahrheit oder Pflicht?

KARIM
Pflicht.

FAUST
Komm mit nach Paris.

KARIM
Und meine Mutter?

FAUST
Nimm sie mit.

KARIM
Das würde ihr nicht gefallen.

FAUST
Jeder will nach Paris.

KARIM
Meine Mutter nicht.

FAUST
Wir mieten ihr ein schönes Zimmer mit Ausblick. Gleich auf demselben Stockwerk mit uns.

KARIM
Mit uns?

FAUST
Also mit meinem Zimmer und deinem Zimmer und dem Zimmer deiner Mutter. Das sind drei Zimmer.

KARIM
Und wer soll das bezahlen?

FAUST
Das Institut.

KARIM
Das Institut bezahlt das Hotelzimmer der Mutter des Doktoranden aus Marokko für eine Tagung in Paris?

FAUST
Na gut, ich bezahle es privat, aber das tue ich wirklich gerne.

KARIM
Das müssen Sie nicht.

FAUST
Du.

KARIM
Das musst du nicht, meine Mutter wird nicht mitkommen wollen.

FAUST
Frag sie.

Karim ab.

FAUST
»Meine Ruh ist hin,
Mein Herz ist schwer;
Ich finde sie nimmer
Und nimmermehr.«

MEPHISTO
Ich glaube, ich komme so langsam dahinter.

FAUST
»Mein Busen drängt
Sich nach ihm hin,
Ach dürft ich fassen
Und halten ihn!«

MEPHISTO
Was dich an diesem Jungen so fesselt. Seine Unerreichbarkeit.

FAUST
»Und küssen ihn,
So wie ich wollt,
An seinen Küssen
Vergehen sollt!«

MEPHISTO
Du begehrst das, was nicht da ist.

FAUST
Aber Karim ist da und ich will ihn trotzdem.

MEPHISTO
Ja, du kannst ihn sehen und sprechen, aber du kannst ihn nicht wirklich haben. Und es wurmt dich.

FAUST
Man muss nicht jedem Erregen nachgehen.

MEPHISTO
Was, wenn du es doch tun würdest? Wäre er immer noch interessant für dich? Oder besteht deine Sehnsucht nur im Unerreichbaren?

FAUST
Gibst du mir auch mal eine Minute zum Atmen?
Oder gehört es zu deinem Job, dass du mich rund um
die Uhr mit deinem Gequassel plagst?

MEPHISTO
Gequassel? Ich philosophiere. Du bist doch vom Fach.

FAUST
Das ist kein Philosophieren. Das ist Manipulation.

MEPHISTO
Das Kerngeschäft des Philosophen.

FAUST
Also gut. Deine These ist: Ich begehre Karim, weil er unerreichbar ist?

MEPHISTO
Weil er den Anschein macht, als sei er es. Er genießt deine Aufmerksamkeit, er spielt damit.

FAUST
Ich denke, er ist einfach sehr jung und weiß nicht so recht, was er da tut.

MEPHISTO
Ich bezweifle ja, dass er so ein Mauerblümchen ist, wie du denkst. Aber ist das überhaupt wichtig? Seine Rolle besteht letztlich nur darin, zu existieren. Du weißt, dass es ihn gibt. Deshalb hinterlässt seine Abwesenheit eine Lücke. Theoretisch ist er da, aber in der Praxis fehlt er. Was weißt du schon von ihm?

FAUST
Man kann das Schöne auch betrachten und genießen, ohne es beherrschen zu müssen.

MEPHISTO
Also das ist Gequassel, wenn du mich fragst.

FAUST
Hast du nie von der kontemplativen Liebe gehört? Für die Neuplatoniker war das die höherrangige Liebe, weil sie nicht produktiv sein will, sondern allein daran interessiert ist, das Urschöne anzuschauen und mit ihm vertraut zu sein.

MEPHISTO
Das sind ja alles ganz bezaubernde Worte, aber was sagt die Libido dazu?

FAUST
Du bist so ein Klischee deiner selbst. Lauerst hier herum und versuchst, mich zu übergriffigen Handlungen zu verführen?

MEPHISTO
Ich weiß nicht, in welchem Jahrhundert du stehen geblieben bist während deiner Philosophiestudien. Aber diese Idee, man könne Eros fassen und mithilfe von Vernunft ganz einfach bändigen, ist nicht gerade *state of the art*.

FAUST
Ich weiß nicht, wann du dich das letzte Mal auf der Erde herumgetrieben hast, aber wir sind hier nicht in den Siebzigern, es gilt nicht mehr als cool und schick, mit den eigenen Studierenden zu schlafen.

MEPHISTO
Wer interessiert sich denn für cool und schick?

FAUST
Ich werde es nicht tun.

MEPHISTO
Aber dein Busen drängt sich.

FAUST
Fahr zur Hölle.

MEPHISTO
Jetzt schon? Wir haben noch eine Rechnung offen.

BÜRO III

Karim und Faust. Mephisto sitzt unbeteiligt in der Ecke und sieht zu.

KARIM
Warum sind Sie nicht in Paris?

FAUST
Ich musste meine Teilnahme absagen. Mir ist was dazwischengekommen.

KARIM
Was?

FAUST
Ich dachte, deine Mutter ist da?

KARIM
Sie konnte nicht kommen, sie hatte einen Schlaganfall.

FAUST
Wie schrecklich. *(Wirft Mephisto einen erzürnten Blick zu)* Wie steht es um sie?

KARIM
Die Ärzte meinen, sie sei stabil, aber sie darf nicht reisen.

FAUST
Du machst dir sicher große Sorgen.

KARIM
Sie ist alles, was ich habe.

FAUST
Alles? Wie meinst du das?

KARIM
Ich habe keine andere Familie, nur meine Mutter.

FAUST
Aber ist sie deshalb alles, was du hast?

KARIM
Ich verstehe nicht?

FAUST
Als würdest du nur aus deinen familiären Beziehungen bestehen. Ist das nicht irgendwie furchtbar bürgerlich?

KARIM
Natürlich bin ich mehr als das. Aber sie ist eben meine Mutter. Sie ist für mich …

FAUST
Heilig?

KARIM
Sie ist mir einfach wichtig, sie ist ein wichtiger Mensch für mich.

FAUST
Seit wie vielen Jahren habt ihr euch nicht gesehen?

KARIM
Fünf.

FAUST
Oh, und du fühlst dich ihr trotzdem so verbunden? Schön. Telefoniert ihr oft?

KARIM
Ab und zu.

FAUST
Und worüber redet ihr?

KARIM
Nichts Weltbewegendes. Ich erzähle ihr von meinem Alltag, sie lästert über die Nachbarn, beschwert sich über Ärzte.

FAUST
Weißt du, wen sie wählt?

KARIM
Wir reden übers Wetter. Nein, ich weiß nicht, wen sie wählt, vermutlich wählt sie gar nicht.

FAUST
Interessant.

KARIM
Was ist daran interessant?

FAUST
Es könnte also durchaus sein, dass sie die Rechten wählt, und du wüsstest nichts davon?

KARIM
Sie wählt keine Rechten.

FAUST
Aber du hast sie nie gefragt?

KARIM
Sie ist eine einfache Frau vom Land. Sie ist nicht das Problem.

FAUST
Verstehe. Diese unsichtbare Masse an unentschiedenen, »einfachen« Leuten, die sich mit verlogenen Parolen den Kopf waschen lassen, die sind nicht das Problem, ja? Was ist denn das Problem in diesem Land gerade, Karim?

KARIM
Meine Mutter lebt in Afrika. Was hat das mit ihr zu tun?

FAUST
Ach, du meinst, der Rest der Welt wird davon unberührt bleiben, wenn in diesem Land der Faschismus zurück ist.

KARIM
Nein. Ich meine bloß, dass das nichts mit meiner Mutter zu tun hat.

FAUST
Was sagt deine Mutter eigentlich dazu, dass du schwul bist?

KARIM
Ich glaube nicht, dass ich Ihnen diese Frage beantworten muss.

FAUST
Nein, du hast Recht. Das ist schon Antwort genug.

KARIM
Bitte?

FAUST
Entschuldige, dieses Mutterthema ist einfach wahnsinnig spannend für mich. Ich schreibe gerade an diesem Beitrag.

KARIM
Das ist mir bekannt.

FAUST
Ich versuche zu verstehen, was es mit dieser singulären machtvollen Rolle zu tun hat, die unhinterfragt überlebt bis ins Heute, selbst bei jungen, aufgeklärten Menschen wie dir.

KARIM
Sie ist der Mensch, der mir alles beigebracht hat und der mir Schutz gab, als ich ihn am dringendsten brauchte.

FAUST
Und deshalb mutest du ihr nicht einmal kritische Nach-

fragen zu? Versteh das bitte nicht falsch! Ich finde es einfach faszinierend.

KARIM
Ich spreche sie nur so selten. Ich will sie nicht kränken.

FAUST
Empfindest du auch so für mich?

KARIM
Wie für meine Mutter?

FAUST
Überlegst du manchmal, ob du mich kränken könntest?

KARIM
Warum würde ich Sie kränken wollen, Sie sind …

FAUST
Deine Doktormutter.

KARIM
Meine wissenschaftliche Betreuerin. Ich will von Ihnen lernen.

FAUST
Hättest du gerne eine Mutter wie mich?

KARIM
Darüber habe ich so nie nachgedacht.

FAUST
Aber wäre das nicht schön? Wenn du mit deiner Mutter so reden könntest wie mit mir?

KARIM
Ich denke, es wäre schön, offener zu reden über bestimmte Dinge.

FAUST
Du könntest deine Liebhaber mit zum Essen bringen.

KARIM
Das ist nicht die Art von Familie, die ich mir vorstellen kann.

FAUST
Ich könnte euch einladen, dich und deinen Freund, in die Therme.

KARIM
Zum Schwimmen?

FAUST
Wir würden in die Sauna gehen.

KARIM
Wie jetzt?

FAUST
Das ist normal hier. Alle gehen in die Sauna. Leute gehen mit ihren Familien von klein auf in die Sauna.

KARIM
Okay?

FAUST
Du weißt, wie man in die Sauna geht.

KARIM
Ich weiß es.

FAUST
Textilfrei.

KARIM
Ich war schon mal in der Sauna.

FAUST
Dürfte ich euch dorthin begleiten? Dich und deinen Freund?

KARIM
Ich habe keinen Freund.

FAUST
Schade.

KARIM
Ja.

FAUST
Du kannst mich ruhig Mutter nennen.

KARIM
Ich weiß nicht.

FAUST
Doch, nenn mich Mutter.

KARIM
Ich kann das, glaube ich, nicht.

FAUST
Es ist bloß ein Wort.

KARIM
Ja, aber das ist bizarr.

FAUST
Ja, genau. Alles an dieser Mutter-Idee ist bizarr. Trotzdem sagst du, deine Mutter sei alles, was du hast.

KARIM
Ich meinte das nicht wortwörtlich.

FAUST
Dann nenn mich Mutter.

KARIM
Im Ernst?

FAUST
Ja.

KARIM
Mutter?

FAUST
Nicht so. Meine es. Sag es, als würdest du mich rufen.

KARIM
Mutter.

FAUST
Nochmal.

KARIM
Mutter.

Faust beginnt sich zu entkleiden.

FAUST
Ruf es lauter, als sei ich in einem anderen Raum und du bräuchtest mich hier.

KARIM
Mutter!

FAUST
Ruf es.

KARIM
Mutter!

FAUST
Lauter.

KARIM
Mutter!

FAUST
Und jetzt sieh mich an.

KARIM
Ich kann nicht.

FAUST
Doch, du kannst. Sieh mich an.

KARIM
–

FAUST
Sieh mich an, Karim.

KARIM
Ich …

FAUST
Sieh mich an!

Faust ist nackt. Karim sieht Faust an.
Mephisto sieht beide an.

VALERIA
Ich dachte immer, ich wisse, wer ich sei. Und dann las ich »Schuld der Schamlosen«. Margaretes Werk brachte mir bei, diese Gewissheit zu überprüfen. Mich zu fragen: Was hat es auf sich mit diesen Gesten, mit dieser Haltung? Was soll dieses Haar, diese Kleidung? Ist das alles bloß Deko? Ein Kostüm? Oder eine Uniform?

Mein Körper ist ein Text. Er ist ein Ammenmärchen, das mir von klein auf erzählt wurde und das ich immer noch zu dechiffrieren versuche. Wie nennt man das, wenn die ganze Welt eine Lüge glaubt und man die Einzige ist, die die Wahrheit erahnt? Ist das nicht Wahnsinn? Aber bin ich hier etwa die Wahnsinnige?

Mein Körper ist ein Text. Er lässt sich ins Unendliche weiterschreiben, korrigieren und ergänzen und streichen und ja, er lässt sich auch zurückändern. Ich kann natürlich behaupten, dass dieser Körper mir und nur mir allein gehört, aber stimmt das?

Karim tritt auf.

VALERIA
Warum machst du das?

KARIM
Was?

VALERIA
Warum erzählst du mir das? Was willst du von mir?

KARIM
Nichts, ich dachte nur, mit dir kann ich reden. Du kennst sie viel besser als ich.

VALERIA
Ja, ich kenne Faust besser als du. Und besser als dich.

KARIM
Du glaubst mir nicht.

VALERIA
Selbst wenn ich dir glaubte, was könnte ich dir schon sagen?

KARIM
Vielleicht ist so etwas schon mal vorgekommen.

VALERIA
Dass sie sich vor einem Studenten entblößt?

KARIM
Und im Umgang mit dir ist sie immer korrekt gewesen?

VALERIA
Professor Faust ist eine brillante Wissenschaftlerin, sie hat ihr Leben diesem Institut verschrieben. Ich habe größte Achtung vor ihr und ich bin dankbar, dass ich bei ihr promovieren darf.

KARIM
Das bin ich auch, Valeria.

VALERIA
Was bist du?

KARIM
Dankbar, dass ich bei ihr promoviere.

VALERIA
Du promovierst? Bei ihr?

KARIM
Spielt dein Gedächtnis verrückt? Vielleicht solltest du dich schonen.

VALERIA
Moment mal. Willst du mir meine Stelle streitig machen?

KARIM
Wie kommst du darauf?

VALERIA
Du erklärst mich für verwirrt. Redest Faust schlecht bei mir. Tratschst hinter ihrem Rücken.

KARIM
Ich tratsche nicht, ich vertraue mich dir an.

VALERIA
Weißt du, wie gefährlich das ist, was du da machst? Die Regierung hat sie sowieso auf dem Radar. Die warten nur auf den erstbesten Grund, sie wegzusperren. Und du läufst hier rum und bezichtigst sie des Missbrauchs?

KARIM
Das Wort habe ich nicht verwendet.

VALERIA
Aber das hast du gemeint.

KARIM
Nein.

VALERIA
Was meinst du dann?

KARIM
Ich weiß es nicht, Valeria. Ich weiß nur, was mir passiert ist. Und du bist die Einzige, der ich es erzähle.

VALERIA
Hat sie dich angefasst?

KARIM
Nein.

VALERIA
Hat sie dich geküsst?

KARIM
Nein.

VALERIA
Worüber reden wir dann?

KARIM
Man muss einen Menschen nicht berühren, um Grenzen zu überschreiten.

VALERIA
Was hattest du überhaupt mitten in der Nacht in ihrem Büro zu suchen?

KARIM
Wirklich? Kommst du mir jetzt so?

VALERIA
Ja, so komme ich dir. Ich treibe mich da nicht nachts rum. Und wir sind eng, Faust und ich.

KARIM
Faust hat diese Art, einen anzugucken. Sie gibt einem das Gefühl, besonders zu sein, oder? Jedes Wort, das ich sage, ist von Gewicht in ihrem Ohr.

VALERIA
Du hast geflirtet.

KARIM
Vielleicht. Aber das ist kein Einverständnis, das ins Körperliche zu übersetzen.

VALERIA
Nein, das ist es nicht.

KARIM
Trotzdem naiv.

VALERIA
Was wolltest du denn bei ihr?

KARIM
Ich wollte ihr meine Immatrikulationspapiere bringen, damit sie sie endlich unterzeichnet.

VALERIA
Du behauptest also wirklich, Professor Faust hat zugesagt, deine Doktorarbeit zu betreuen?

KARIM
Du bist ihre Assistentin, wie kannst du nichts davon wissen?

VALERIA
Ich glaube, du hast da was falsch verstanden.

KARIM
Sie wollte mich mit nach Paris nehmen.

VALERIA
Dich?

KARIM
Ja.

VALERIA
Also, entschuldige, dass ich dich enttäuschen muss, Karim, aber Professor Faust wird nächste Woche ihre Kündigung einreichen. Und wenn sie es nicht tut, wird man sie feuern. Sie ist hier praktisch keine Professorin mehr. Sie kann überhaupt keine neuen Doktorand_innen aufnehmen.

KARIM
Was sagst du da?

VALERIA
Du bist nicht ihr Doktorand, Karim. Ich weiß nicht, warum sie dich das glauben lässt, aber sie scheint dich hinters Licht zu führen. Oder mich?

KARIM
Sie weiß, dass mein Aufenthaltstitel von dieser Zusage abhängt. Meine Sicherheit. Das kann sie nicht tun.

VALERIA
Ich habe keine Ahnung, was sie dazu bewegt, Karim.

KARIM
Sie hat mich angelogen. Sie hat die Papiere nie weggeschickt.

VALERIA
Es gibt sicher eine Erklärung dafür.

KARIM
Sie werden mich ausweisen, Valeria. Ich kann nicht zurück nach Hause.

VALERIA
Das wird Faust nicht zulassen.

KARIM
Sag mal, verstehst du denn nicht? Faust hat mich benutzt!

VALERIA
Wofür soll sie dich denn benutzen?

KARIM
Sie macht sich die ganze Zeit an mich ran. Sie scheint so eine seltsame Lust daran zu empfinden.

VALERIA
Karim, sie macht eine schwere Zeit durch. Sie ist im Begriff, alles zu verlieren. Was weiß ich, vielleicht kommt die Exzentrikerin in ihr raus, wenn sie so unter Druck steht.

KARIM
Vielleicht ist ihr auch einfach nur alles egal. Sie geht unter und reißt mich mit in ihren Abgrund.

VALERIA
So ist sie nicht.

KARIM
Sie missbraucht ihre Macht, um mich gefügig zu machen.

VALERIA
So ist sie nicht.

KARIM
Sie ist wie alle anderen. Diese ganze Institution, dieser Staat, zur Hölle mit allen!

VALERIA
Bitte, reg dich ab, Karim. Du musst mit ihr sprechen.

KARIM
Soll ich mich etwa bedanken, dass sie mich nicht vergewaltigt hat, bevor sie mich abschieben lässt?

VALERIA
Du steigerst dich in was hinein. Mach jetzt bitte keine Dummheiten, das ist alles nur ein Missverständnis, ich bin sicher.

KARIM
Wenn nicht einmal du mir glaubst, Valeria …

VALERIA
Nein, ich glaube dir schon, aber …

KARIM
Wer soll mir glauben? Wo soll ich jetzt hin? Ich kann nicht zurück.

Valeria übergibt sich in den Brunnen.

KARIM
Wie weit bist du?

VALERIA
Was?

KARIM
Weiß Faust davon?

VALERIA
Sie hat ihre eigenen Sorgen.

KARIM
Typisch.

VALERIA
Ich habe es niemandem gesagt.

KARIM
Willst du es … abbrechen?

VALERIA
Wie denn?

KARIM
Soll ich dir helfen?

VALERIA
Ich weiß nicht, ob ich es tun will.

KARIM
Du überlegst, es zu behalten?

VALERIA
Ich weiß nicht. Ich will mich dafür entscheiden dürfen, Karim. Ich will es haben, weil ich es will, und nicht, weil ich es muss.

KARIM
Du willst eine Wahl haben. Nicht wahr?

WALPURGISNACHT

Rituelle Versammlung. Erst Rede, dann Party.

HEXE 1
Willkommen zu den alljährlichen Walpurgisnacht-Feierlichkeiten! Ich begrüße hier auf dem Blocksberg
alle meine Hexen und Kräuterfrauen,
Weissager_innen und Kristallseher_innen,
alle Teufelsanbeter_innen und Besessenen,
die Missgünstigen und Neidischen,
die Verführenden und Willigen,
die Ungewaschenen und Stinkenden,
die Hässlichen, die Widerständigen,
die Unkeuschen und Verächtlichen,
die Faulen und Nutzlosen,
die Unfruchtbaren, die allzu Fruchtbaren, die ihre blutigen Föten in Klos runterspülen,
die frisch gebackenen Mamas, die ihre Kinderwägen mit Kippe im Maul über Schotterwege rollen,
die alten Jungfern, die sich jedem Schwanz um den Hals werfen,
die Bedürftigen, die needy bitches, die, die sich zum Affen machen, und zwar ohne einen Hauch von Scham.
Die männerhassenden Lesben, die selbstsüchtigen Nymphomaninnen,
Die Geisteskranken und Mental-Health-Verrückten.
Die Obsessiven,
Die schlecht Gefickten, Ungefickten und Unfickbaren.
Die Menstruierenden, die auf Oberschenkel und Sofas bluten,

die Unausbeutbaren, die niemandem je zu Hilfe eilen.
Die bösen Stiefmütter, die Über-Mütter.
Die Suizidgefährdeten, die Lebenverneinenden,
die Unterkühlten, die Rabenmütter.
Die MILFS. Die mit den Mommy Issues.
Die, die ihre Mütter hassen, die, die sie umbringen wollen,
die, die wie sie sein wollen und daran zugrunde gehen.
Ich sehe euch. Und ich bin stolz auf euch.
Auf jede einzelne.
Das hier ist euer Denkmal: die heilige Lilith.
Dämonin der Maßlosigkeit.
Lasst sie uns ehren und feiern, wie es ihr gebührt!

Das Denkmal wird enthüllt.

Mephisto und Hexen singen und tanzen dabei abwechselnd Faust an.

FAUST
Noch nie habe ich mich so sehr danach gesehnt, mich aufzulösen in einem Gefühl.

MEPHISTO
Was hält dich davon ab?

FAUST
Diese Kraft, die ich neuerdings in mir spüre, sie überwältigt mich. Ich weiß nicht, wohin mit mir.

MEPHISTO
Lös dich endlich von den Erforschungen in deinem Kopf, folge deinem Verlangen. Sieh, die Schöne da drüben scheint Gefallen an dir zu finden, du solltest hingehen.

FAUST
Ja, das sollte ich.

MEPHISTO
Fahr ihr mit den Fingerspitzen über ihr schönes Gesicht. Ruhe auf ihren Lippen. Lass dir von ihr zeigen, was du dir verwehrt hast, all die Jahre.

FAUST
Ja, das will ich.

MEPHISTO
Siehst du, sie winkt dich zu sich. Sie lässt ihr Haar wallen, das Einzige, was sie trägt. Warum gehst du nicht hin?

FAUST
Moment. Was ist das?

MEPHISTO
Was?

FAUST
Aus ihrem Mund sprang eine Maus!

MEPHISTO
Beruhig dich.

FAUST
Mephisto, siehst du das? Da steht ein schönes, blasses Kind. Es schiebt sich ganz langsam mit geschlossenen Füßen nach vorn. Dieses Kind, es sieht aus wie ich!

MEPHISTO
Lass es stehen, sieh nicht hin. »Es ist ein Zauberbild.
Ihm zu begegnen ist nicht gut:
Vom starren Blick erstarrt des Menschen Blut.«

FAUST
»Es sind die Augen einer Toten!«

MEPHISTO
Nicht!

Mephisto hält Faust die Augen zu.

AUS DEM OFF
Alle still gestanden! Auf den Boden mit euch.

Alle gehen zu Boden.
Dichterin und Theaterdirektorin treten auf.

DICHTERIN
Halt, was machst du da?

THEATERDIREKTORIN
Na, die Bullen kommen, um Faust festzunehmen.

DICHTERIN
Warum?

THEATERDIREKTORIN
Karim hat sie angezeigt.

DICHTERIN
Das steht nicht in meiner Fassung!

THEATERDIREKTORIN
Du hast versprochen, dass du Gretchen retten wirst.

DICHTERIN
Das tue ich doch gerade. Hast du gesehen, sie war kurz davor, zu verweilen im Augenblick …

THEATERDIREKTORIN
Wir haben unseren eigenen Pakt.

DICHTERIN
Den du gerade brichst. Du steckst Gretchen ins Kittchen.

THEATERDIREKTORIN
Du lässt Gretchen aus dem Land ausweisen.

DICHTERIN
Karim? Oh nein, Karim ist nicht Gretchen.

THEATERDIREKTORIN
Alles an Karim ist Gretchen. Er ist ihr machtlos ausgeliefert, sie vergeht sich an ihm.

DICHTERIN
Nichts daran war eindeutig.

THEATERDIREKTORIN
Sie ist die Täterin.

DICHTERIN
Und das Opfer.

THEATERDIREKTORIN
Komm mir nicht mit diesem Grauzonen-Quatsch.

DICHTERIN
Sie darf nicht im Kerker enden!

THEATERDIREKTORIN
Er auch nicht!

DICHTERIN
Irgendwer geht immer zugrunde.

THEATERDIREKTORIN
Ausgerechnet der Ausländer ohne Status?

DICHTERIN
Schick ihn rein. Karim soll Faust aus dem Kerker befreien.

THEATERDIREKTORIN
Warum sollte er das tun?

DICHTERIN
Weil er den Rechten in die Falle getappt ist. Die wollen bloß Faust wegsperren.

THEATERDIREKTORIN
Du weißt schon, dass Karim gerade andere Probleme hat.

DICHTERIN
Schick ihn rein und wir sehen, was passiert.

FAUST
(steht auf, brüllt) Was hast du mir angetan?

MEPHISTO
Es wäre ein Leichtes gewesen, dich aus dieser Situation zu befreien, das weißt du, oder? Du hättest den Bullen nur die Story erzählen müssen, die sie hören wollen. Drei Schlüsselwörter hätten gereicht: Flüchtling.

FAUST
Hör auf.

MEPHISTO
Islam.

FAUST
–

MEPHISTO
Austausch.

FAUST
Halt endlich den Mund!

MEPHISTO
Irgendwann wird dir hier drin langweilig werden und dann wirst du an meine Worte denken.

FAUST
Deine Worte? Siehst du nicht, in welche Lage du mich gebracht hast?

MEPHISTO
Ich? Ich zeige dir die ganze Zeit Wege, die aus diesem Kerker hinausführen, und du verteufelst mich?

FAUST
Ich mache mir Sorgen um Karim.

MEPHISTO
Der Junge hat dich einsperren lassen. Er weiß sich offensichtlich selbst zu helfen.

FAUST
Ich will nicht wissen, was sie ihm angetan haben, um ihn zum Reden zu bringen.

MEPHISTO
Du sitzt im Knast und dieser Junge führt dich immer noch an der Nase herum?

FAUST
»Du Spottgeburt von Dreck und Feuer!« Sie werden den Jungen abschieben! Alles wegen dir.

MEPHISTO
Wer war's, der ihn mit leeren Versprechungen lockte – ich oder du?

FAUST
Du musst dafür sorgen, dass er nicht ausgewiesen wird.

MEPHISTO
Was glaubst du, wer ich bin? Habe ich alle Macht im

Himmel und auf Erden? Ich kann nicht einfach das Gesetz ändern.

FAUST
Du musst etwas tun. Wir müssen Karim retten!

MEPHISTO
Du verstehst es immer noch nicht, oder?

AUS DEM OFF
Faust! Du hast Besuch!

Karim tritt auf.

FAUST
Karim! Du bist gekommen!

KARIM
Um Ihnen Lebewohl zu sagen.

FAUST
Sie werden dich doch wohl nicht …

KARIM
Ich werde meinen Strafantrag gegen Sie zurückziehen und untertauchen.

FAUST
Untertauchen? Wo?

KARIM
Bitte verstehen Sie, dass ich Ihnen das nicht sagen kann.

FAUST
Wenn ich freikomme, dann kann ich dir helfen. Ich kann dir Geld geben. Ich kann dir eine Unterkunft besorgen.

KARIM
Ich brauche nichts von Ihnen. Es ist unklar, ob Sie überhaupt freikommen werden, bloß weil ich nicht aussage.

FAUST
Du solltest heiraten. Das ist der sicherste Weg.

KARIM
Ich bin schon dabei.

FAUST
Ach ja? Wen?

KARIM
Valeria.

FAUST
Wirklich? Das ist aber großzügig von ihr.

KARIM
Ich werde Valeria mit dem Kind unterstützen.

FAUST
Dem Kind?

KARIM
Valeria traute sich nicht, Ihnen davon zu erzählen.

FAUST
Was bin ich? Ein Monster?

KARIM
Sagen wir, Sie hatten genug um die Ohren.

FAUST
Du ja jetzt auch mit deiner heterosexuellen Kleinfamilie. Herzlichen Glückwunsch.

KARIM
Ich hätte nicht kommen sollen.

FAUST
Warte. Was haben sie dir versprochen, damit du mich anzeigst?

KARIM
Nichts.

FAUST
Womit haben sie dir gedroht?

KARIM
Mir hat niemand gedroht.

FAUST
Das heißt, du bist einfach so zur Wache gelaufen und hast mich angezeigt?

KARIM
Ja.

FAUST
Warum?

KARIM
Weil ich mich hilflos und ausgeliefert fühlte.

FAUST
Deshalb zeigst du mich wegen sexuellen Übergriffs an?

KARIM
Ich habe Sie angezeigt, weil das ein Übergriff war.

FAUST
Ist das dein Ernst?

KARIM
–

FAUST
Ich habe dir von Anfang an gesagt, wie ich empfinde. Und du bist geblieben. Ich wollte dich nicht betreuen, du hast nicht locker gelassen.

KARIM
Stimmt.

FAUST
Du hast gesagt, du fühlst dich geschmeichelt. Du hast sogar erwidert, dass du dich zu mir hingezogen fühlst.

KARIM
Ja, so war es.

FAUST
Du bist nachts in mein Büro gekommen, hast freiwillig Schnaps getrunken, du hast mit mir über das Küssen gesprochen. Wissend, dass ich im Begriff war, mich in dich zu verlieben.

KARIM
Ja.

FAUST
Und jetzt sprichst du von einem Übergriff?

KARIM
Es sind Dinge passiert, mit denen ich nicht einverstanden war.

FAUST
Warum hast du mir das nicht gesagt?

KARIM
Weil Sie mir keine Gelegenheit dazu gegeben haben.

FAUST
Was soll das bedeuten?

KARIM
Sie haben mich nicht gefragt.

FAUST
Du hättest das Mutterspiel nicht mitgespielt, wenn es dich nicht auch angeturnt hätte.

KARIM
Es hat mich nicht angeturnt.

FAUST
Du hast es trotzdem gesagt.

KARIM
Weil Sie mich dazu gezwungen haben.

FAUST
Gezwungen?

KARIM
Sie haben mich mehrmals aufgefordert.

FAUST
Du willst mir nicht ernsthaft sagen, dass du über so wenig Autonomie verfügst, selbst zu entscheiden, wie weit du gehen willst.

KARIM
Sie haben sich ausgezogen, ohne mein Einverständnis einzuholen.

FAUST
Ich habe ja auch *mich* ausgezogen und nicht *dich*.

KARIM
Sie haben mich aufgefordert, Sie anzusehen.

FAUST
Warum hast du dich nicht geweigert?

KARIM
–

FAUST
Karim, du bist ein erwachsener Mann. Du bist eloquent, du bist belesen. Du weißt dich auszudrücken.

KARIM
Das hat damit nichts zu tun.

FAUST
Womit hat es dann zu tun?

KARIM
Muss ich Ihnen das wirklich erklären?

FAUST
Oh, lass mich raten: Macht.

KARIM
Machen Sie sich lustig über mich?

FAUST
Karim, der einzige Grund, warum du dich zu mir hingezogen fühltest, war dein Wissen um meine Macht. Du hättest keine Sekunde mit mir verbracht, wenn du nicht etwas von mir gewollt hättest.

KARIM
Ach, jetzt bin ich schuld an den Verhältnissen.

FAUST
Sei nicht naiv. Es gibt keine Beziehung, die frei von Macht ist.

KARIM
Es gibt aber Beziehungen, in denen sie ausgenutzt wird.

FAUST
Wer sitzt jetzt im Gefängnis? Du oder ich?

KARIM
Sie haben mich glauben lassen, dass ich bei Ihnen promovieren kann.

FAUST
Ich wollte dir helfen.

KARIM
Indem Sie meine Zeit verschwenden und sich mir aufdrängen?

FAUST
Aufdrängen?

KARIM
Sie wussten von meiner Lage.

FAUST
Du wusstest von meiner. Und bist zur Polizei gegangen.

KARIM
Ich wusste mir nicht anders zu helfen.

FAUST
Ich hatte Pläne, Karim. Für dich, in Paris.

KARIM
Ach ja? Warum haben Sie mir nichts davon gesagt?

FAUST
Ich durfte nicht über meine Kündigung sprechen. Ich war unsicher, ob ich dir trauen kann.

KARIM
Und deshalb haben Sie mein Vertrauen ausgenutzt?

FAUST
Und ich hasse mich dafür, Karim. Ich habe eine Grenze übertreten.

KARIM
Nicht nur eine.

FAUST
Ich habe mich verleiten lassen, mich in einem Gefühl treiben zu lassen. Ich glaubte mich meiner Schwäche zu ergeben, dabei war es nur das Gewand der Schwäche, in ihm die schiere Kontrolle.

KARIM
Wissen Sie, die Wahrheit ist: Ich wusste nicht, was ich will von Ihnen. Ja, ich wollte bei Ihnen promovieren. Aber da war mehr. Da war eine Spannung zwischen uns, die ich nicht benennen konnte. Und ich war neugierig. Ich habe mich auch treiben lassen. Ja, ich war einverstanden – bis zu einem gewissen Punkt. Und von da an ging mir ein

»nein« einfach nicht mehr über die Lippen. Es ging alles so schnell. Ich war überrascht. Es dauerte eine Weile, bis ich überhaupt verstehen konnte, was mir da passierte. Passiert war. Eigentlich habe ich es erst kapiert, als ich erfuhr, dass unser ganzes Arrangement nur ein Fake ist. Dass Sie genau wussten, dass Sie dieses Papier, an dem mein Leben hängt, niemals werden abgeben können. Dass Sie mich getäuscht haben. Uns alle. Dass Ihre ganze Arbeit eine Farce ist, dass nichts an Ihnen besonders ist, außer Ihr Fleiß. Und ja, ich bin ein Mann, und ich habe anderen Männern davon erzählt, die nur allzu bereit dazu waren, Sie für eine Straftat zu belangen, für die so gut wie niemand belangt wird. Also ja, auch ich habe meine Macht missbraucht.

FAUST
Und jetzt sind wir quitt?

KARIM
Nein. Ich nehme meinen Strafantrag nicht zurück, weil wir quitt sind. Sondern, weil ich begreife, dass es in diesem System keine Gerechtigkeit geben kann. Wenn Sie verurteilt werden, dann nicht für das, was Sie mir angetan haben. Sondern weil Sie der Regierung ein Dorn im Auge sind. Ich will nicht zum Komplizen dessen werden. In gewisser Weise bin ich es längst. Und das, Professor, bereue ich zutiefst.

FAUST
Karim …

KARIM
Vergeben Sie mir.

FAUST
Vergibst du mir?

KARIM
Leben Sie wohl.

MEPHISTO
Was soll das? Geht der jetzt einfach?

Karim ab.

MEPHISTO
Was war das denn? Auf, lass uns fliehen, ihm hinterher.

FAUST
Nein.

MEPHISTO
Bist du verrückt? Komm.

FAUST
Geh. Ich bleibe hier.

MEPHISTO
So läuft das nicht, ich bin kein Typ für Long-Distance.
Ich brauche dich bei mir.

FAUST
Niemand braucht mich. Am allerwenigsten du.

MEPHISTO
Ich habe Gefallen an dir gefunden.

FAUST
Du versprachst, mir zu dienen. Also dien mir. Ich will, dass du mich allein lässt.

MEPHISTO
Wie dumm von dir!

FAUST
Die Rechnung begleiche ich dann, wenn die Zeit dafür gekommen ist.

MEPHISTO
Dir ist wirklich nicht mehr zu helfen, oder? Du willst in diesem Kerker verrecken? Wegen dem? Das lasse ich nicht zu. Her zu mir.

FAUST
Du sollst gehen! Ich habe mich getäuscht. Es hilft nichts, sich dieser Welt zu entziehen, ich trage sie ja in mir. Es gibt kein Entkommen. Und es macht keinen Unterschied mehr. Der Kerker da draußen mag größer sein, aber er ist doch auch bloß ein Kerker.

Ende.

QUELLEN

Die Zitate sind aus Johann Wolfgang von Goethe, *Faust. Eine Tragödie*

Zitiert nach Projekt Gutenberg, wobei die Zitate der aktuellen Rechtschreibung angepasst wurden. (www.projekt-gutenberg.org/goethe/faust1/faust1.html)

BILDNACHWEISE

Die Fotos sind aus einer Fotostrecke, die Thomas Gessner von der Sprengung des AfE-Turms der Johann Wolfgang Goethe-Universität in Frankfurt gemacht hat.

»Der AfE-Turm war ein 116 Meter hohes Hochhaus in Frankfurt am Main. Er gehörte zum Campus Bockenheim der Johann Wolfgang Goethe-Universität und beherbergte bis März 2013 die Büros und Seminarräume der Fachbereiche Gesellschaftswissenschaften, Erziehungswissenschaften und Psychologie. Die Abkürzung *AfE* stand für *Abteilung für Erziehungswissenschaft*. Tatsächlich zog diese Abteilung nie in das Hochhaus ein, da sie schon vor der Eröffnung des Gebäudes geschlossen worden war; der Gebäudename wurde trotzdem beibehalten. Das Gebäude stand seit Mai 2013 leer und wurde am 2. Februar 2014 gesprengt.« (https://de.wikipedia.org/wiki/AfE-Turm)

Mehr Kontext ist beispielsweise hier zu finden: (https://jungle.world/artikel/2013/36/bye-bye-elfenbeinturm)

DANK

Ich danke Enrico Ippolito, Selen Kara, Sasha Salzmann, Hengameh Yaghoobifarah, Mohamed Amjahid & Nicolas Fethi Türksever für ihre kritischen Augen und offenen Herzen.

Fatma Aydemir, geboren 1986 in Karlsruhe, studierte Germanistik und Amerikanistik in Frankfurt am Main. 2017 erschien ihr mehrfach ausgezeichneter Debütroman *Ellbogen*. Als Mitherausgeberin brachte sie 2019 den Essayband *Eure Heimat ist unser Albtraum* heraus. Ihr zweiter Roman, *Dschinns*, erschien 2022 und stand auf der Shortlist des Deutschen Buchpreises. Im September 2023 erschien erstmals das Literaturmagazin »Delfi«, welches sie mitgegründet hat und mit herausgibt.